刘心武说红楼

二十年来辨是谁
——贾元春的命运

刘心武 著

山东画报出版社
济南

图书在版编目（CIP）数据

二十年来辨是谁：贾元春的命运/刘心武著.--济南：山东画报出版社，2022.9
（刘心武说红楼）
ISBN 978-7-5474-4234-0

Ⅰ.①二… Ⅱ.①刘… Ⅲ.①《红楼梦》研究－人物研究 Ⅳ.①I207.411

中国版本图书馆CIP数据核字(2022)第135465号

ERSHI NIAN LAI BIAN SHI SHUI
——JIAYUANCHUN DE MINGYUN
二十年来辨是谁
——贾元春的命运
刘心武 著

特约策划 焦金木
责任编辑 怀志霄
装帧设计 王 芳

出 版 人　李文波
主管单位　山东出版传媒股份有限公司
出版发行　山东画报出版社
　　　　　社　　址　济南市市中区舜耕路517号　邮编 250003
　　　　　电　　话　总编室（0531）82098472
　　　　　　　　　　市场部（0531）82098479　82098476（传真）
　　　　　网　　址　http://www.hbcbs.com.cn
　　　　　电子信箱　hbcb@sdpress.com.cn
印　　刷　山东临沂新华印刷物流集团有限责任公司
规　　格　787毫米×1092毫米　1/32
　　　　　8印张　14幅图　113千字
版　　次　2022年9月第1版
印　　次　2022年9月第1次印刷
书　　号　ISBN 978-7-5474-4234-0
定　　价　48.00元

如有印装质量问题，请与出版社总编室联系更换。

贾元春才选凤藻宫，林黛玉却赐鹡鸰香串

贾政奉旨贵妃省亲

贵妃省亲锦幕挡严

贾母合族迎接贵妃

坐龙舟游玩大观园

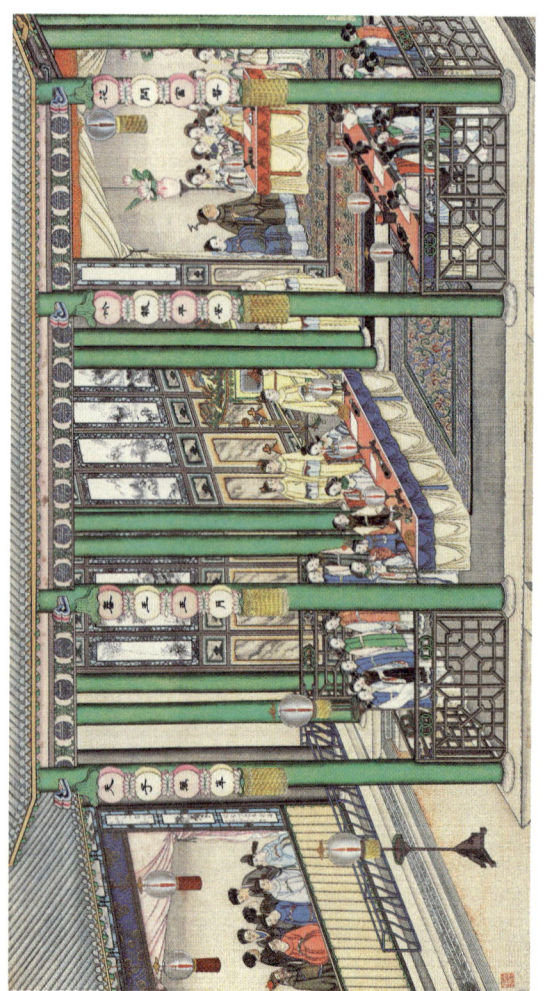

贵妃筵宴题大观园,天伦乐宝玉逞才藻

省宮闈賈元妃染恙

因论戏笑买元妃归逝

贾母亲来拈香清虚观

清虚观张道士迎接

张道士观玉送麒麟

林黛玉眼游听悲曲，宝玉问病至宁国府，醉金刚轻财尚义侠，痴女儿遗帕惹相思

蜂腰桥设言传心事

贾芸寄书送花宝玉,秋爽斋偶结海棠社

编选者言

这一册从对秦可卿原型的研究,推进到对贾元春原型的研究。红学界历来有"四大死结"之困,其中两个似乎难以打开的"死结"都与贾元春相关,即贾元春判词之谜、贾元春《恨无常》曲之谜。刘心武却在他的研究中打开了这两个"红楼死结"。

2006年7月20日,刘心武应邀参加香港书展主办方安排的晚宴,与金庸先生隔着长餐桌对坐。金庸先生隔桌对他说道:"刘心武,我赞成你对秦可卿的解释。"因为他没有马上做出反应,金庸先生便提高音量又说了一遍，刘心武赶忙对其支持表示感谢。实际上，刘心武的秦学研究引发的争议是很大的，斥责抨击者有，嗤之以鼻者有，只肯定其勇气者有，惋惜其"晚节不保"者有，但也有金庸先生、夏志清先生等作家、学者的鼓励，和普通听众、读者的支持。其中最主要的一种说法是：您的秦学研究虽然我不尽信服，但感谢您引起了我阅读、体味《红楼梦》的兴趣。事实说明，刘心武的秦学研究起码在推广、普及《红楼梦》方面，作用甚大、甚明。

目 录

秦可卿被告发（上） / 001

秦可卿被告发（下） / 019

贾元春原型 / 034

贾元春判词 / 053

贾元春之死 / 075

红楼边角

大观园的帐幔帘子 / 099

饫甘餍肥 / 109

傻大姐的哭和笑 / 113

负有使命的帕子 / 117

"严老爷来拜" / 121

晴雯说没说过这两句话？ / 124

有眼不识白犀麈 / 128

秦显家的好相貌 / 131

效忠信范本 / 135

蹬门槛 / 140

仔细灯穗子招下灰来迷了眼 / 145

好雨知情节 / 150

《红楼梦》中的服饰并非"戏装" / 153

二丫头与卍儿 / 158

附录一 《红楼梦》的真相与假象 / 163

附录二 《红楼梦》为什么写女不写脚、
　　　　写男不写头？ / 185

附录三 《红楼梦》教会我们如何用感情
　　　　来滋润一生 / 211

附录四 读书的四种方式——狼、蟒、
　　　　牛、猫（节选）/ 219

秦可卿被告发（上）

《红楼梦》中秦可卿的生活原型是康熙朝废太子的一个女儿。这一结论得出之后，便碰到了一位对此不太服气的红迷朋友来跟我讨论。红学本身是一个公众共享的学术空间，大家都可以活跃起来，各自发表看法。我自己的一些结论也并不要求别人都来认同。依这位朋友想来，如果曹家藏匿了废太子的一个女儿，而且被人告密、事情败露，皇帝不会仅仅让废太子的女儿自尽，一定还会立即打击曹家。但书里面写秦可卿在天香楼上自尽以后，贾家不但没有马上遭到打击，反而进入了一个"烈火烹油，鲜花着锦"的新局面。《红楼梦》作为一部自叙性、自传性的小说，如果确实发生了这种事情，贾家的情况反而更好了，这多奇怪啊？

这个思路很有意思。估计也会有诸多读者提出类似的问题：小说里这么写，究竟是现实生活中大体就是这么一个状况呢，还是曹雪芹在写这一段的时候完全脱离了生活真实，进行凭空的艺术想象？

实际上，曹雪芹将生活真实写入小说时，必然对其原本的形态有改变、有挪移，有夸张、有渲染，有回避、有遮掩。如此，也使得这位红迷朋友认识到，《红楼梦》的研究犹如套娃，总是一个问题套着另一个问题。但也正因为如此，研究《红楼梦》才能如此兴味盎然。

如果小说中秦可卿真实身份的暴露是有人告密，会是谁把她的真实身份告诉了皇帝呢？其实答案非常明晰。第十三回秦可卿死了，第十四、十五回基本都是写她的丧事，到第十六回就写了一件跟丧事反差很大的喜事——"贾元春才选凤藻宫"。可见，秦可卿死后，很快就会有另外一个人的升腾，这个人就是贾元春。因此，从小说内在的情节逻辑来看，向皇帝告发秦可卿真实身份的人，应该就是贾元春。

如果把贾家比喻为一只鸟，这只鸟的飞升，也就是贾氏家族的飞黄腾达，要靠两只翅膀的扇动。其中一只翅膀就是秦可卿。贾家藏匿、收养了义忠亲王老千岁的骨血——一个女儿，即秦可卿。而贾家之所以这么做，是因为义忠亲王老千岁虽然"坏了事"，但并不等于这支力量彻底毁灭，它还存在，还可能从"坏了事"的状态转变为"好了事"。从小说来看，宁国府隐藏了这个人物，一直把她作为贾蓉的媳妇养起来，并把她培养成了一位杰出的女性。这实际上是一笔政治投资，是对义忠亲王老千岁的政治力量进行的投资。

义忠亲王老千岁作为康熙朝两立两废的太子，并没有死在康熙朝，而是直到雍正二年（1724）才去世。康熙晚年的脾气越来越反复无常，使不少人认为，他既然可以把胤礽废了又立，立了又废，也有可能在他还在世的时候，再一次复立胤礽，毕竟胤礽是他的亲骨肉,他把胤礽培养成太子已经费了诸多心血。当时一些官僚集团的人都有这种揣测,尤其是康熙认为"皇长孙颇贤"的传言,流传得特别广。"皇长孙"就是废太子的嫡子弘皙,而且弘皙又有了康熙的嫡重孙永琛。人们普遍觉得,即使康熙彻底废了胤礽,不让他继承皇位,直接传位给弘皙的可能性也很大。这些生活中的真实状况化为小说里的故事后,贾家藏匿秦可卿,并视她为政治投资的"绩优股",也就能够理解了。虽然义忠亲王老千岁"坏了事",但他的残余势力仍在,小说中冯紫英等人物都属于这一派。这让贾家觉得,一旦政局发生变化,义忠亲王老千岁本人或者他的儿子——在小说里以模糊的光亮笼罩全局的"月"——成了皇帝,贾家就立大功了。

现实生活中,太子第一次被废的时候可能还没有什么思想准备。但是在第二次被废之前,他肯定已经做好准备了。太子也是子女满堂的。除了正室,他还有很多妾室,都为他生了孩子。另外,伺候他们的也有很多人。史料记载,当时有一个叫得麟的人，发现太子又要被废掉了，这就意味着又要被圈禁起来了。即便康熙亲自下令要"丰其衣食"，保证太子这一大家子的生活水平，但毕竟会失去自由啊。所以得麟就设法逃了出去。他诈死，想办法让人把他当尸体运了出去，而且还有一个大官收留了他。当然，这事最后还是被人揭发了，得麟被处死了，藏匿他的大官也被惩治了。

很可能第二次大风暴要来临的时候，太子有一个妻妾要临盆了。这时候，他或他的妻妾就想：风声传来了，又要被废了。这个有命无运的孩子，为什么让她一落生就做囚徒呢？还是想办法通过各种关系把她偷送出宫吧。于是就把孩子偷送出来，或者谎称是养生堂的孩子；或者谎称是被一个小官僚收养；或者干脆直接藏匿到曹家，由曹家造出一些谣言，把她保护起来，养起来。

所以，无论是现实生活中还是小说中，一家人之所以能够藏匿、收留暂时失利的一派政治力量的骨肉，一是因为他们之间毕竟交往多年，有感情，"宿孽总因情"；二是因为这样做也是政治投资。于是，这个孩子就成了贾家的一只翅膀——秦可卿。

但是和当时的其他官僚一样，曹家进行政治投资，也要尽量求个万全，不能光押一边，得要"双保险"。另外一只翅膀也得使劲挥动，这就是把自己家族的一个女儿送到宫里面去，想办法让她逐步晋升，使她最后能够到皇帝的身边，得到皇帝的宠爱。在小说里面，她就是贾元春。这当然是一个很现实的投资，因为投资对象是现在的皇帝，即所谓"当今"。这样就可以两翼齐飞。在现实生活里，曹家是这样的；在小说里面，曹雪芹设计了一个贾家，讲述贾家的故事，所以在小说的前半部，他就重点讲了秦可卿和贾元春两个人的故事。

当然，前面也写到了其他女性，如刘姥姥，都有很多的故事。但从第一回到第十六回，"金陵十二钗"中亮相得比较充分的，应该就是秦可卿。在第十六回的时候，就像海面上浮出的一座冰山，贾元春浮出水面了。这是关系到贾家命运的两个女子，她们是非常重要的。

根据小说的描写，秦可卿上吊自杀之后，紧接着就是贾元春地位得到提升。因此，我判断作者虽然没有直截了当地写出来，但是很多例证都证明他的构思确实是这样的，即贾元春告诉了皇帝，贾家藏匿了一个义忠亲王老千岁的女儿。正是由于她对秦可卿真实身份的告发，才形成了小说里面一系列情节的流动。其中最关键的情节是秦可卿在天香楼悬梁自尽。她不得不死，因为皇族的骨血，尤其是罪家的骨血，是不可以藏匿起来的。可是皇帝喜欢贾元春，她的告发行为，又体现出了她对皇帝的忠诚，于是皇帝就把这件事画上了句号，秦可卿自尽了就算了，贾家藏匿皇家骨肉的事情就不予追究了。而且，皇族的这类事情也属于"家丑不可外扬"，因此对外还允许贾家大办丧事，宫里还来大太监参与祭奠，以对此事进行遮掩，让丧事表面上显得很风光，不让人知道真相。贾元春告发了秦可卿，体现出了对皇帝的忠诚；当然她也一定会苦苦哀求皇帝，不要追究贾氏一族。皇帝大概觉得她忠孝两全，于是予以褒赏，就提升了她的地位，"才选凤藻宫"。

现实生活中是不是真有这种情况？皇帝难道会原谅曹家吗？小说里，贾家在秦可卿死后，不但没有受到惩罚，反而有一个短暂的大好局面出现。这样的情节安排，有合理性吗？

要回答这个问题，就必须弄清楚《红楼梦》叙述文本里的时间顺序。

《红楼梦》是小说。作者在第一回里，通过石头跟空空道人的对话，故意提出了一个说法，即"朝代年纪，地舆邦国，却反失落无考"。所以红学界一直有争论，《红楼梦》究竟写的是什么时候的事情？《红楼梦》里的男人，避免写他们剃去额发留大辫子。贾宝玉虽然写他梳辫子，但又不像典型的清朝男子的辫子。写北静王的服饰，更接近明代的样式。以致后来许多人画《红楼梦》图画，男人的服装打扮基本上往明朝靠；戏剧影视当中，人物的服装造型就离清朝更远了。但是清朝对女性的服装改变不是很大，一般汉族妇女的服饰跟明朝很接近。《红楼梦》里的女性服饰是有清朝味道的，但不明显。清朝妇女有自己很特殊的服饰，如旗袍、两把头、花盆底鞋等。这些在《红楼梦》里都没写。而且，书中诸女子究竟是大脚还是小脚？除了尤三姐直接写到是小脚，傻大姐直接写到是大脚，其他都写得很含混。这当然是曹雪芹的艺术处理技巧。他不想通过这些描写来坐实小说的具体时代背景，但其中除了艺术考虑，恐怕也有一些非艺术性的考虑。

时间上有模糊处，空间上也有模糊处。大观园里，南北方的特有植物全出现了，比如红梅花。北方地栽的红梅花非常罕见，甚至根本就种不活，但是故事里出现了很壮观的红梅花。红学界因此争论也很多，大观园是在南京还是在北京？当然，更多的细节证明，书里写的荣国府、大观园还是在北京，比如里面多次写到炕。在炕上坐，在炕上吃饭，贾环在炕上抄经，故意把炕桌上的蜡烛推下去，烫伤正躺在炕上的贾宝玉等。金陵是没有炕的。贾宝玉还说"常听人说金陵极大"，可见他懂事后根本不住在金陵，金陵对他来说只是一个常听大人提起的地方。也就是说，自林黛玉进京都以后，故事中人物活动的主要空间就在北京，甚至连北京西北城的花枝胡同也写进去了。当然，曹雪芹也借用了某些江南的事物，特别是景物，不过，主要写的还是北京。曹雪芹故意让时间、空间都有一定的模糊性，使用了烟云模糊的艺术手法。

但《红楼梦》的文本又具有很强烈的自叙性和自传性，这是可以勘察清楚的，也正因如此，使得这个文本很有意思。脂砚斋是曹雪芹的合作者。小说里面的石头跟空空道人有段对话。为什么《红楼梦》又叫《石头记》呢？就是因为这块石头后来缩成扇坠大小下凡去，经历一番人世的浮沉，最后又回到了原来那个地方——青埂峰下，并变回了原来的样子。变回大石头后，上面就写满了字，就是《红楼梦》的文本。所以石头就跟空空道人说，我写的这个东西"朝代年纪，地舆邦国，却反失落无考"。可是脂砚斋批语马上跟上一句，"据余说，却大有考证"，一语道破了天机。

我个人的研究方法属于探佚学当中的考证派。

我考证的思路，就是原型研究。我现在就要考证《红楼梦》叙述文本里的年代顺序问题，即《红楼梦》究竟写的是什么历史事件背景中的事。

大的方向早就确定了，通过对帐殿夜警事件、曹家在三朝中的浮沉兴衰等进行分析，我们已经知道，《红楼梦》应该是在康熙、雍正、乾隆三朝的大背景下发生的事。现在需要更加细化，比如从第一回到第八十回，究竟写的是哪一年的事？把这个问题搞清楚有什么好处呢？如此，我们不但可以进一步了解《红楼梦》写作的历史背景；可以了解曹雪芹写作时内心的种种情愫，他的痛苦、他的欢乐；还可以通过排一个时间表，了解《红楼梦》小说文本后面的人物原型、事件原型、物件原型、细节原型，所以这种探究是很有意思的。

为了讨论起来方便，我先说最容易回答的部分，把比较麻烦的放在后头说。最容易的部分是《红楼梦》第十八回的下半回起到第五十三回上半回，这写的都是一年里的事情。我想大家对此不应该有争论，因为它季节变化的时序非常清晰，可以说是一丝不乱。"元妃省亲",不算上除夕,转过来就是过年了,之后就是元宵节,再之后就是春天、初春、仲春,接着是春末、初夏,再然后是夏天、秋天、冬天,后来下雪了,最后又到了过年的时候。所以,从第十八回下半回到第五十三回上半回的这三十五回,很显然写的就是一年里面的事情,而且把春、夏、秋、冬四季的背景描绘得非常清楚。那么这三十五回书写的是哪一年?乾隆元年(1736)。

为什么说是乾隆元年?有很多证据。我先举一个最小的例子。第十八回贾元春省亲,有一些细节描写,写到了"銮舆卤簿"。"卤簿"是一个文言词,其实就是仪仗。皇帝或后妃出行,前面都有仪仗队。仪仗队有非常烦琐的仪仗规定。《红楼梦》写元妃省亲,就写到卤簿,"一对对龙旌凤翣,雉羽夔头……"这里面有一个细节值得注意——仪仗队里面有一把"曲柄七凤黄金伞"。过去《红楼梦》的图画,或者现在的电影、电视剧中,都有这个道具。仪仗里的伞不像我们现在生活中的伞这么小、这么低，都是很长的柄，上面有很大的伞盖，而且伞盖周围会用一层或三层布幔围起来。它的主要作用是显示威严，是权力地位的象征。曹雪芹笔下就出现了一个很具体的器物——曲柄七凤黄金伞。曲柄的黄金伞是乾隆朝才开始有的。康熙、雍正两朝"銮舆卤簿"里的伞都是直柄的。因此，光是这一句就说明第十八回下半回到第五十三回上半回的这三十五回的故事背景是乾隆时期。

这样一个细节还不足以充分说明问题，因为曹雪芹也可以把乾隆朝的东西借用在这儿。那好，我们再来看一个证据。第二十七回很明确地提出一个日子——四月二十六。作者还很明确地指出这一年的四月二十六是芒种。查万年历，乾隆元年就是在四月二十六交芒种。而且周汝昌先生考证，四月二十六是曹雪芹的生日。作者之所以这么郑重地来写这一年的故事，就是因为这一年他十三岁了。他的记忆关于那段时间是最完整的，而且生活是最美好的，所以他铆足了劲来写这一年的故事。《红楼梦》里多次明写暗表，贾宝玉在那些情节中是十三岁。例如第二十三回，写贾宝玉住进了大观园怡红院，就写了几首诗，记述他四季里快乐闲适的生活。在叙述文字里，曹雪芹写道："因这几首诗，当时有一等势利人，见是荣国府十二三岁的公子作的，抄录出来各处称颂……"又如第二十五回，写贾宝玉和王熙凤被魇后奄奄一息，一僧一道忽然出现来解救他。癞头和尚把通灵宝玉擎在手上，长叹一声道："青埂峰下一别，展眼已过十三载矣！"都表明书里的主人公落生十三年了。

关于周先生对曹雪芹年龄和生日的推算，我在这儿借用他的学术成果，就不铺开解释了，因为太复杂。

在一个艺术的故事里面，曹雪芹设定这一年是四月二十六交芒种，这就证明他写的是乾隆元年的事情。因为整部书是有写实的前提的，它的艺术的升华，都是在现实的时间和空间基础之上渲染完成的。而且曹雪芹写得非常有趣。他把四月二十六芒种节说成是饯花节，即饯花神的日子。因为到芒种的时候，所有的花都谢了。《红楼梦》里引用了一句诗——开到荼蘼花事了。据说,荼蘼花是开得最晚的,因此也谢得最晚。等它谢了,基本上就没有什么花开了。花神是一个很美丽的想象,所有花都开完后,花神就要去休息了,因此,就要跟花神饯别。闺中女儿们特别讲究这个风俗,因此在《红楼梦》里面,出现了那一回的描写,包括黛玉葬花。黛玉为什么要在那天葬花?因为那一天是跟花神告别的日子。她要通过葬花这种形式表达自己对花的珍惜,对花神辛苦了一年给她们带来这么多美丽的花朵表示感谢。当然她也表示哀悼,因为花谢了,还是一件很让人遗憾的事情。第二十七回明确写出芒种日期,大写饯花神,更证明了从第十八回到第五十三回,应该就是写乾隆元年的事情。

从第五十四回到第六十九回,可以断定是写乾隆二年(1737)的事情。为什么这么说呢?因为在这一部分,刚开始写那年春天的时候,就写到宫里面有一位太妃,先是病了,后来又说上一回的那一位老太妃薨了。所谓太妃、老太妃,或者王妃、皇妃,有时候指的是一个人。比如说,康熙的一个妃子，在雍正朝就是太妃，到乾隆朝就成老太妃了。实际上，小说里面写到的太妃、老太妃就是同一个人。

这样一个背景人物，其实也是有原型的。乾隆二年年初，宫里面死了康熙身边的一个女子，姓陈，父亲叫陈玉卿，汉族。康熙身边由他给过封号，或者他去世后由雍正、乾隆再给予封号的女子，总共有四十位之多。当然，其中三十多位都是满族。在给封号这件事情上，康熙非常谨慎，基本上只给满族的女子封号。一些汉族的女子非常美丽，也深得康熙宠爱，并给他生儿养女，但在给汉族的女子封号方面，康熙相当吝啬。因为康熙觉得，要巩固满族政权，必须确立一些原则，包括从细节上确立满族高于汉族的原则。因为满族是少数民族，入主中原后，统治的多数是汉族人。

陈氏很得宠，给康熙生的儿子他也很喜欢，但是在康熙朝，陈氏的封号非常低，直到死后才由乾隆封她为熙嫔，还没到妃那一级。但是曹雪芹把她说成一个妃,这也是能理解的,毕竟从生活到艺术,有一个适度夸张、渲染的过程。

可能有的朋友还是认为我猜测的成分太大,仅仅因为那一年宫里死了康熙身边的一个女子,后来封为嫔,就得出小说的第五十四回到第六十九回是写乾隆二年的事情,这是不是太武断?

如果仅仅是点到这儿,那这个说法确实还缺乏充分的根据。但是,后面书里有一些具体的交代,有些交代很古怪。书里说,贾母、邢夫人、王夫人根据朝廷的规定,都要去参加丧葬祭奠活动,守灵期间不能回家。那在哪儿过夜呢?就需要找一个下处来休息。于是租用了一个大官的家庙。这本来也不稀奇,过去的贵族参与丧礼活动,照例要这样做。小说里写得很清楚,在家庙里,东院是贾母她们住。那么谁住西院呢?北静王府的人,即北静王府的太妃、少妃。看起来是闲闲的一笔,但是仔细想想,先不说生活真实,就以小说来说,北静王是王爷,贾政的官职相比就低太多了,虽然贾赦有个爵位,也无非是个将军,比王爷差很远。过去讲究"东比西贵",曹雪芹却写贾府住东院,北静王他们住西院。所有的古本,一直到通行本,都这么写。可见,曹雪芹不是随意这么一写,他是有生活依据的。

秦可卿被告发（下）

尽管贾府地位远比北静王府低，可是贾府女眷却住在了东边，占据了尊位。曹雪芹为什么这么写？因为他太忠实于生活的真实了。

小说里贾代善的原型是曹寅，贾母的原型是曹寅的妻子李氏。李氏的哥哥叫李煦。曹寅是江宁织造，李煦是苏州织造，他们两个都是康熙特别喜欢的。"织造"，这官位看起来并不高，就是管理机房，为宫里面供应纺织品。但实际上，这两个人跟康熙的关系可不一般。他们还兼着康熙的密探，经常秘奏江南地区的气候收成、民间舆论、明朝遗老遗少的动向，以及退休官员的表现等。对遗民或退休官员，他们或者派人盯梢，或者亲自去拜访，实际上是摸一摸情况，然后就给康熙写密折。当时的一些外国传教士、外国商人，也是他们先接触，然后把情况汇报给康熙。两人还有一个不能宣之于口的任务，就是在江南给康熙挑选美女，充实康熙的后宫。

康熙很喜欢汉族女子。康熙朝的外国传教士有时候很放肆，按说他们是不能面见康熙的妃嫔的，但是有一个西方传教士，汉名马国贤，回去后写了一本回忆录，书名叫《京庭十三年》，书里写到，他有一次把园林亭榭的窗帘拉开往外偷看，看到了康熙和他的妃嫔嬉戏的情景。他说，在康熙的妃嫔里面，有满装的，也有汉族装扮的。

现在能不能查到有关档案，证明康熙身边的汉族女子里面，有李煦或者曹寅挑选进宫的呢？曹寅方面的资料现在还没查出来，但是李煦方面查得很清楚，在他们两个之间进行类比、推论的话，应该是说得通的。在故宫的档案馆里面可以查到，李煦有一个报告王氏的母亲黄氏病故的奏折。这说明王氏这位汉族女子，一个江南美人，就是李煦挑选的，送到康熙身边后得到了康熙的宠爱。而且，王氏也很争气，给康熙生了三个儿子。其中有一个儿子，就是帐殿夜警事件中的十八阿哥，就是那个用现在的临床医学观点来看，得了腮腺炎的孩子。后来很遗憾，十八阿哥夭折了，没能长大成人。李煦的这份奏折说明，王氏所有的事情都由他来操办。这样的私事由李煦帮他处理，可见康熙对李煦、曹寅有多信任。

虽然没有找到过硬的档案资料证明陈氏确实是曹寅向康熙推荐的，但是曹家和陈氏所生的一个皇子来往甚密，他就是康熙的二十一阿哥允禧。允禧还留下了他亲自题写的一个匾，写着"天香庭院"四个字，挂在恭王府里。秦可卿上吊自尽的地方就是天香楼。这难道是巧合吗？这就说明，《红楼梦》的生活真实和它的艺术真实中，都有很多证据证明，现实中的曹家和乾隆二年死去的陈氏关系密切。因此小说里面就写成了这个样子，即老太妃薨逝以后,她的后代对贾家十分尊重。

陈氏的后代,北静王的原型,是乾隆的儿子永瑢。小说里面,北静王叫水溶。"水溶"这个名字显然是从"永瑢"过渡来的。那永瑢跟允禧有什么关系呢?永瑢后来过继给了允禧,成了允禧的孙子。也就是说,小说里面北静王的形象、气质主要取自允禧,名字则取自过继给他的孙子永瑢,北静王是这两个人物综合起来的艺术形象。所以小说里面北静王府的少妃、太妃甘愿住在西院。

通过这些分析,我们推断出《红楼梦》的第五十四回到第六十九回,应该就是讲的乾隆二年的故事。在这一年,只有陈氏,也就是后来追封的熙嫔薨逝。而乾隆为了团结皇族,表达对祖父的尊重,为了向官员百姓表现他的孝道,更为了显示他继承祖业的合法性,就为熙嫔大办丧事。这成为那一年年初的一桩大事。书里写贾母等去参与祭奠,也在年初,完全合榫。

那么第七十回到第八十回,写的就是乾隆三年(1738)的事情。现实生活中,乾隆三年的时候,曹家的情况就不是太好了。虽然自身还撑得住，但是两个很重要的亲戚出事了。

曹家当时有两大靠山，一个叫傅鼐。曹寅的一个妹妹嫁给了傅鼐，因此傅鼐应该是曹雪芹的祖姑丈。在过去，那都是很近的亲戚。傅鼐的仕途，细说起来很复杂。他在康熙朝的时候很不错。在雍正朝的时候，一开始遭到打击，因为凡是康熙喜欢的官员雍正都不喜欢。但是傅鼐在做官上有一套权术，他尽量让雍正感觉到他是无害的，所以雍正在晚年政局比较稳定以后，又起用了一些过去他冷淡过，甚至打击过的官员，其中就包括傅鼐。到了乾隆朝，傅鼐得到重用，在乾隆元年（1736）就做到了兵部尚书，还兼刑部尚书。但是乾隆三年，傅鼐得罪了乾隆。乾隆不但罢了他的官，还把他下狱了。他在监狱里一病不起，病得很重。乾隆又发慈悲，让他回家了。回家后他很快就死在家里了。曹家如此重要的一门亲戚就这么败落了。

曹家的另一个靠山，叫福彭。曹雪芹的姑妈嫁得比他祖姑更好，成了平郡王妃。而且她很争气。

在封建社会,一个女人嫁到人家,得生男孩,这是非常重要的。曹雪芹的姑妈就给平郡王生了世子。在清朝,皇子的孩子就叫世子,寓意皇族的血统世代传流。那么,曹雪芹的姑妈生的世子是谁呢?福彭。

福彭是乾隆的发小。乾隆小的时候读书,福彭是他的陪读。两人关系非常好。乾隆在那个时候就爱写诗,自己刻印诗集,让福彭写序。所以乾隆当了皇帝以后,福彭当然就会官运亨通。福彭最后当的官比尚书还大,相当于内廷一个总理事务的职位,是核心政治集团的成员,得到了非同小可的重用。但是再好的关系,因为是权利关系,也会出现裂痕。到了乾隆三年,福彭跟乾隆就失和了。福彭被人参了。乾隆就拉下脸,不管什么发小不发小的了,让有关机构去查他的问题。福彭是曹雪芹的表哥,曹家有这么大的靠山,日子多好过啊。但是到乾隆三年,情况就不妙了。

这些历史上的事在书里面有没有反映呢?有,在第七十回到第八十回。曹雪芹写得很聪明,他没有写贾家受到打击,而是写贾家发生了内乱。在现实生活中,那个时候的曹家确实还没有直接受到打击,虽然他们的权贵亲戚已经出了一些问题,但曹家还混得过去。可是曹家的靠山开始出现问题了,气氛也就紧张了起来。从《红楼梦》第七十五回开头的那段文字,就可以感觉到这种外部的紧张气氛蔓延到了贾府里。

有朋友说,你讲《红楼梦》老是讲过场戏,你讲的那是《红楼梦》吗?可是,什么叫过场戏?到底应该怎么来读《红楼梦》?过去通行本的影响太大了;《红楼梦》又多次被改编成戏曲、戏剧、电影,在改编过程中,很多东西就被删除了。这种删除自有其道理,尤其是戏曲,它的艺术特点是大写意,不可能像小说这样说得很细,只能选取改编者认为最主要的,并粗线条地加以表现。所以,不少人对《红楼梦》的印象就是一个"宝黛悲剧"。有的朋友可能满脑子除了调包计、黛玉焚稿、宝玉哭灵就没别的了。若说别的,他就不耐烦,甚至觉得讲这些,算是讲《红楼梦》吗?但是我提到的这些文字，都是曹雪芹写在书里的。难道曹雪芹不该写下这些吗？分析这些文字，怎么会不是讲《红楼梦》呢？

我经常举出一些以往人们很少注意到，甚至红学界也很少涉及的《红楼梦》里面的一些所谓过场戏，一些没有在各回回目中概括到的内容，但这毕竟是《红楼梦》的正式文本。不是总有人说，研究《红楼梦》不要脱离它的文本吗？我很细致地分析其中的文字，正是紧扣文本。我认为，有些被认为是过场戏的文字，其实都是不可或缺的，传递着非常重要的信息。比如第七十五回开头写的，就应该非常重视。

尤氏在荣国府，她办完一些事，就要到王夫人那儿去。这时候，她身边的仆人就悄悄劝告她不要去。仆人说："才有甄家的几个人来，还有些东西，不知是作什么机密事。"于是尤氏想起来，贾珍看了邸报（邸报是当时官方发给所有官员，类似现在内参的政府机关报，上面会有一些朝廷的重大事件，如皇帝的指示或案件），说甄家犯了罪，现今抄没家私,调取进京治罪。而且底下仆人还跟尤氏反映:"才来了几个女人,气色不成气色,慌慌张张的,想必有什么瞒人的事情也是有的。"这是在寄顿财物。小说里面写到,江南甄家被查抄以后,这些人就到贾家来寄顿财物。这是违法的,是皇帝不允许的。但是甄家、贾家之间的关系,实在是择不开,所以贾家就帮甄家藏匿这些东西,于是就出现了这样的情节。尤氏一想,那就别到王夫人那儿去了,便回避了。这样的事不能不跟老祖宗汇报啊。后来就写王夫人到贾母面前,跟贾母说甄家出了事、被抄家什么的,贾母当然就不爱听,心情很不好。后来贾母大意就是说,咱们别说这些,咱们该怎么乐怎么乐,过咱们自己的快活日子,于是故事就继续往下流动。

怎么这儿说的是甄家出事了呢?曹雪芹影影绰绰写了一个甄家,似乎甄家也就是贾家,仿佛一个在镜子里头,一个在镜子外头,不好坐实。脂砚斋批语也是这么说:"奇极!此曰甄家事!"意思是真亏曹雪芹想得出来,把这样的事栽到甄家头上。

曹雪芹就是要把现实生活中发生在乾隆三年的，跟曹家关系很密切的傅鼐家、福彭家遭到皇帝打击的情况，含蓄地投射到小说里面去。他想来想去，在小说里面，只能把甄家挑出来，把这个情节安在甄家头上。

所以，《红楼梦》整个儿是写清朝康、雍、乾三朝的故事。其中，第十八回下半回到第八十回，写的是乾隆元年（1736）、二年（1737）、三年（1738）的事。这一点有八个字可以形容，叫作"粲若列眉，若合符契"。整个故事的背景正如脂砚斋所说，"大有考据"。

但是第一回到第十七回，究竟写的是康熙、雍正朝什么时候的事，就比较含混了。当然第十三回到第十六回，应该说还是清楚的，都是雍正暴亡、乾隆登基那时候发生的一些事。从第一回到第十二回，在时间表述上大体上有一个轨迹，但是前后有矛盾，而且有含混不清的地方。比如说，"枫露茶事件"是在第八回，写下雪了。贾宝玉把茶杯摔了以后，贾母问什么声。袭人撒谎说：下雪了，倒茶时滑了一跤。应该是冬天吧？但是往下写，故事没有中断，却在时间上互相矛盾了。比如第十一回，王熙凤到宁国府去时，菊花盛开，溪水潺潺，还有蝉声，又是一幅夏末秋初或者深秋的景象。所以这里在季节时序上有说不通的地方。

另外，曹雪芹在其他一些时间交代上也有矛盾之处，这一点很早就有《红楼梦》研究人士指出来。比如林黛玉的父亲林如海，究竟什么时候死的？林黛玉由贾琏带着去苏州，究竟是什么时候？一会儿说林如海是冬底身染重疾；一会儿昭儿回来了，又说林如海是九月初三病故的。似乎贾琏他们去的时候还是秋天，一时回不来，要年底才回来，所以还要给他们捎大毛衣服去……而且第十二回在故事内容上也有一些明显的风格不统一。比如贾瑞的故事，就显得有点突兀。

据我分析，这是以下几个原因造成的。一个原因是曹雪芹不太愿意写雍正朝曹家的惨况。那个时候，他年纪很小。雍正抄检曹家是在雍正五年（1727），曹頫被逮京问罪、枷号示众是在雍正六年（1728）。当然，红学界对曹雪芹究竟生在哪一年是有争议的，有的认为是生在康熙朝晚期，有的认为生在雍正二年（1724）。但不管怎么算，那个时候的他年纪都很小，记忆不是很清晰，主要靠听大人讲才能知道当时的情况。他个人对那段生活体验不丰富，所以没怎么写，甚至把乾隆元年（1736）以后的一些好事情挪到第三回到第十六回里面来了。

另外一个原因是他刚开始写《红楼梦》的时候，打算把他原来的一部稿子糅合进去。原来曹雪芹写过一部《风月宝鉴》，这在脂砚斋的批语里说得很清楚。这条批语说："雪芹旧有《风月宝鉴》之书，乃其弟棠村序也。今棠村已逝，余睹新怀旧，故仍因之。"这是在《红楼梦》第一回，讲到这本书有过很多名字时，脂砚斋的一条批语。《红楼梦》当时可能正接近完成，刚刚草创完最后的情榜，曹雪芹本人比较主张叫《金陵十二钗》。当初身边其他人也出过主意，有说叫《红楼梦》的，有说叫《风月宝鉴》的，也有《情僧录》的叫法。脂砚斋坚持要叫《石头记》。曹雪芹在开头也把它叫《石头记》。《金陵十二钗》可能是他刚排定九组一百零八位女性名单时产生的一个并不稳定的想法。不过最后他还是同意了脂砚斋的意见,就把这本书叫《石头记》。但其中为什么要列上《风月宝鉴》的名字呢?这是因为曹雪芹在小的时候,可能还是练笔的时候写过一本小说,估计没有多大篇幅,叫作《风月宝鉴》。

这小说的内容,现在不难估计。《红楼梦》现在的文本里面就糅入了《风月宝鉴》的部分内容。比如贾瑞的故事,肯定就是《风月宝鉴》里面的。贾瑞的故事里面就出现了一面镜子,正面照怎么样,反面照怎么样。当时这部书可能是写一些风月故事。其中,很显然就写了贾瑞追求王熙凤,又追不到,自己淫性发作,最后死于过分的性亢奋,死得很惨。这部小说的主题看起来比较肤浅,就是告诫人不要妄动风月,不可沉迷其中,如果沉迷其中就会像贾瑞一样没有好下场。脂砚斋看来并不喜欢这部旧稿,只是觉得曹雪芹的弟弟棠村为那部稿子写过序，而棠村在曹雪芹写《石头记》的时候已经故去了，于是仅仅为了留个纪念，才保留下《风月宝鉴》的名字。

第一回到第十六回里秦钟和智能儿的故事，还有香怜、玉爱之类，估计也是原来《风月宝鉴》的一部分。还可以找到其他一些痕迹。曹雪芹把当年《风月宝鉴》里的一些东西糅到了前十几回里面，其中保留最完整的，应该就是贾瑞的故事。把旧作一糅进来，就搞乱了，尤其写贾瑞的部分。贾瑞究竟病了多久？贾瑞从来来回回照镜子，病得越来越厉害，吃多少药也没用，到死亡，究竟有多久？这里面的叙述就紊乱了。所以在第一回到第十六、十七回的时间上，尤其是第一回到第十二回的时间上，有大致的线索轨迹，但又比较模糊，而且有前后矛盾之处。这是可以理解和谅解的，因为《红楼梦》毕竟是一部没有最后定稿的书，它大体完成了，又很悲惨地丢掉了八十回以后的那些篇章。这八十回书，又遭到了别人的改动，有的地方也不很完整，有些毛刺没有剔尽，有些该调整的地方没有调整好。

最后，我要跟大家讨论的问题是，如果小说里面秦可卿之死是由于贾元春向皇帝告密，那么在现实生活中，有可能发生这样的事情吗？贾元春的生活原型究竟是谁呢？

贾元春原型

《红楼梦》里贾元春这个形象,真正浮出水面应该是在第十六回。前面虽然在"冷子兴演说荣国府"里提到过她,但是她正式出场是在秦可卿死后。第十六回值得细读,里面有一句话特别要紧。贾府家人向贾母她们报告说:"如今老爷又往东宫去了。"所以探索贾元春究竟是怎么一回事,咱们得从东宫说起。

东宫,早在《诗经》里就有这个词,指的是太子的居所。东宫是隐藏在《红楼梦》文本后面一个很重要的因素。

第四回讲到薛宝钗。薛家要到京城来，来的目的有好几个，其中一个是"因今上崇诗尚礼，征采才能，降不世出之隆恩，除聘选妃嫔外，凡仕宦名家之女，皆亲名达部，以备选为公主、郡主入学陪侍，充为才人赞善之职"。清朝有选秀女的制度。薛宝钗作为金陵四大家族中薛家的一个女孩，逐渐长大了，家里就要带她到京城来准备参选秀女。这对薛家来说是一件天大的事。薛家带她到京城来，是因为小说里面的皇帝，当时要从仕宦名家里面选这些够岁数的女子，让她们家先把她们的名字报到部里面去。过去清朝选秀女，是先报到户部。小说是虚写，就不写得那么实，但大意是这样的。上了名单以后，在某一个时段就会通知这些秀女进宫，由相关的人来挑选，选上的，就进行分配。

清朝选秀女的范围很广泛，选出来的秀女的用途也很多，分配的处所也很多。最漂亮的、背景最好的，或者是给挑选的人员行了贿的，可能就分配到皇帝宫中，离皇帝比较近；有的只是留在宫里面，作为普通的宫女；还有的可能不留在皇帝身边，而是分配到皇帝的儿子那里，这都是有可能的。有趣的是，曹雪芹行文的时候，有几处措辞特别扎眼，并没有完全按照清朝有关选秀女的条文来写，而是渗入了他自己主观的意识。他说那些仕宦名家之女亲名达部后，选为公主、郡主入学陪侍。郡主就不是皇帝的女儿了，是皇帝的儿子封为王爷后生的女儿。曹雪芹特意这样来写，点明有的女孩子选进去，并不一定能成为皇帝的妃嫔，可能最后就只是公主、郡主入学的陪读，有的可能只是伺候郡主的高级丫鬟。更值得注意的是，曹雪芹还特别说"充为才人赞善之职"。"才人"是过去宫中女官的一种称谓。但是"赞善"这个词是很特殊的，在清朝，专门指太子府里的一种官职。我认为，曹雪芹在这些词语的使用上并不是随意的，他是有他的写作动机的。小说里面的人物，不仅将和皇帝、皇宫发生关系，而且还将和公主、郡主、太子、皇子这些人，以及这些人居住的空间，发生某种特有的关系。可见，曹雪芹在很小的地方都埋下了伏笔。

在清朝的时候，一个女子被选进宫，得到封号的机会还是很多的。最低档的叫作"答应"。不要觉得这个词很俗、很土，这在当时是一个正式的封号。说女子是一个"答应"，说明她已经进了宫，而且有机会接近皇帝，可以随叫随到了。在那个时候，自己家族的女儿在宫里边成了"答应"，全家会高兴得不得了。当然，"答应"是否会被皇帝叫过去，全凭运气。那机率确实也不高，可能一辈子也没被叫过去。但是，如果一叫，你"答应"了，来了以后觉得你不错，那就可能再升一级，叫"常在"。这俩字更不错了，就是常在皇帝身边了，可能还不能完全得到皇帝的宠爱，但是距离就比较近了。"常在"之上，比较得宠的封号叫作"贵人"，贵人之上就是嫔，嫔之上是妃，妃之上是贵妃，贵妃之上是皇贵妃，皇贵妃之上就是皇后了。所以皇帝六宫粉黛，人数之多，等级之复杂，现在不少人会感到吃惊，觉得人们为什么要构建这么一种制度呢？曹雪芹特别强调，薛宝钗有可能充为赞善之职。他为什么要这样写？我们再往下一环一环去探讨。

现实生活中，曹家的女儿有没有可能在选秀女的制度下去报部备选？这是完全有可能的。曹家虽然是汉族，但他们不是一般的汉人，早在满族还在关外和明朝军队作战的时候，他们的祖先就被俘虏了，并被编入满族的八旗里面作为奴仆，叫包衣，跟着清军战斗，一直辅助满族打进山海关，入主中原。曹家祖上是正白旗的包衣。满族有八旗，后来这八旗又分为上三旗、下五旗。上三旗就是正黄旗、镶黄旗和正白旗。这三旗归皇帝亲自统领，地位比另外五旗高，上三旗的包衣也就随主子神气了许多。曹家的祖上和当时的皇族成员的关系还比较好。那时王朝初创，奴才的身份虽然低，但是如果在战斗当中冲在前面，主子还是很欣赏的，因此有同甘共苦的一面。到顺治朝，满族彻底掌握了政权，在北京定都，正白旗的包衣都得到了一定的好处。曹家就是一个例子。从曹家的祖上开始，皇帝就让他们出任一些比较重要的官职，后来曹寅的父亲就做了江宁织造，再后来曹寅自己也当江宁织造，曹寅的儿子曹颙也当江宁织造，曹颙死后，过继给曹寅做儿子的曹頫还当江宁织造。所以曹家虽然是汉族人，但是他们和满族的上层有过共同战斗的情谊，皇帝和皇族的一些成员都很善待他们。他们不属于后来的汉军系统，因此有人说曹家是汉军旗里的人，是不对的。

曹家既然属于正白旗系统，虽然是包衣身份，但是他们家的女儿，是有资格参加选秀女的。所以在《红楼梦》里面，曹雪芹把生活的真实写进了小说中。根据他的设计，贾家的元、迎、探、惜四姐妹，都是有可能选进宫的。元春在故事一开始就已经选进去了。"冷子兴演说荣国府"的时候，她就已经进宫。薛家作为金陵四大家族之一，其现实生活中的原型应该和曹家类似。到了小说里，像薛宝钗，都是有可能通过参与选秀女而进宫的。显然，在现实生活中，曹家应该是有一个女子被选进宫了。这个女子应该是曹雪芹的姐姐，可能是曹颙的一个女儿，可能是曹頫的一个女儿，也可能是曹家跟曹頫一辈的兄弟当中某人的一个女儿。总之，这个女子进宫以后成为整个曹氏家族的骄傲。

这样的推测有没有证据支撑呢？有。《红楼梦》的文本里面对相关信息有多次逗漏。注意，是"逗漏"，而不是"透露"。什么叫逗漏？它和透露还不太一样。透露是有意识地把一个信息直接传输给你，逗漏是在有的地方稍微点一下，刺激一下，然后让你去思索。

第六十三回"寿怡红群芳开夜宴"，写贾宝玉过生日。众女儿在怡红院会聚，大家喝酒、唱曲，当中还做一种游戏——抽签。签上有花名，还有一句诗，暗示每一个抽签者的命运。在这个游戏过程中，探春就抽到了一根签，签上有一句诗"日边红杏倚云栽"。签词就说，抽中这个签的人必得贵婿。这个时候众人就有一句议论，说："我们家已有了个王妃，难道你也是王妃不成？"根据书里描写，贾家有皇妃，没有王妃——贾元春在第十六回"才选凤藻宫"，是皇妃，不是王妃。王妃比皇妃位阶要低，凡事都是从低往高说，哪有从高往低说的？曹雪芹之所以写出这样一句话，而且在各种版本里面都一样，这逗漏出一个消息：贾元春的角色原型最初并不是皇妃,就是一个王妃。

当然,曹雪芹一个姑妈,后来成了平郡王妃,不过她不是通过选秀女攀附上的。那时候曹寅活着,康熙对曹寅好得不得了。曹寅的女儿嫁为平郡王正室,是康熙指婚。她的辈分比元春的原型高。"我们家已有了个王妃。"曹家人说这话首先是指平郡王妃。但把曹家的事情写成小说,生活中的平郡王妃并没有转化为《红楼梦》里的艺术形象。曹雪芹在书里写的诸多女性,生活原型都取自跟他自己一辈的。元春跟平郡王妃对不上号,其原型应该是另一个跟曹雪芹平辈,但年龄大许多的姐姐。"我们家已有了个王妃",在生活里也会是说她;在小说里,就是指贾元春。

第四回,曹雪芹特意写道,中选秀女之后可能充为赞善之职,这也逗漏出来贾元春的原型最早并不是皇帝身边的皇妃,而只是一个王妃。

那她最早可能是哪儿的王妃呢?要回答这个问题,就要先说清虚观打醮,这是很重要的一个情节。为什么要到清虚观打醮?有人说,就是贾母

"享福人福深还祷福"嘛。贾母确实是这样一个目的，但是清虚观打醮的发起者是贾元春。这一点，书里面写得非常清楚。在第二十九回，袭人报告给宝玉说，昨儿贵妃打发一位了不得的夏太监（夏守忠）出来，送了一百二十两银子，叫在清虚观初一到初三打三天平安醮。这才是清虚观打醮最早的起因。我认为，这一笔曹雪芹不会乱写，更不可能就偏要写这一句废话。《红楼梦》中的每句话都是他认真下笔，都有用意的。清虚观打醮是在五月的初一至初三，也就是端午节前。打醮就是祈福。她显然是要为某一个人祈求平安。如果是活着的人，希望他活着平安；如果是死去的人，希望他的灵魂能得到安息。

贾元春为什么要在五月初一到初三安排去清虚观打醮？查阅康熙所有儿子的生卒年，只有一个人生在阴历的五月初三。这个人不是别人，就是废太子胤礽。胤礽一生很悲苦，两立两废，在二废后又被囚禁了十多年，眼睁睁看着四阿哥当了皇帝，才咽了气。而在书里面，贾元春指定要在五月初一到初三给一个人安魂，打平安醮。我觉得，这不是巧合。因此这里不叫透露，叫逗漏。曹雪芹写的时候心里边有一种抑制不住的情愫，使他下笔的时候就要这样来写。因此，我推测实际上贾元春的原型最早不在皇帝身边，而是在废太子身边。她在选中秀女后首先充为赞善之职。也就是说在现实生活里，曹家有一个女子，最早应该是送到胤礽身边，跟胤礽在一起生活过一段时间，起码和胤礽的儿子弘皙在一起生活过。如果说胤礽年纪太大的话，弘皙在当时却并不小了。她有可能是在太子府里充任女官。否则，曹雪芹不会非要说是贾元春让贾府在五月初一至初三到清虚观去打平安醮。

曹家的一个女儿选秀女选上了，但开始分配得并不理想。这符合曹家的地位——虽然属于正白旗，但毕竟是包衣，不管后来怎么富贵，天生就打上了先被俘虏、后当人家奴的出身印记，这是以后如何荣华富贵也无法改变的。小说里面写贾家世仆的后代赖尚荣当了县官，赖妈妈到贾府里面说了一些话。赖家是贾府的老奴仆。这些奴仆仗着主子的势力,自己也可以过一种社会上一般人很羡慕的奢华生活,并且为自己的后代谋取一官半职。但是赖妈妈教训赖尚荣时有句话很沉痛,就是:"你那里知道那'奴才'两字是怎么写的!"她还说:"你一个奴才秧子,仔细折了福!"现实生活中的曹家,实际上也有这种隐痛。因此在选秀女的时候,他家女孩的竞争力,当然就不如真正的满族正白旗家庭的那些女儿们,他们家送去的女儿选来选去最后能送到太子的身边,就已经很不错了。"群芳开夜宴"时众人调侃探春的话,就反映出那样出身的家庭,一个女子有希望成为王妃,就很不错了。但贾元春的原型究竟是伺候太子,还是弘晳,还是太子妃?这个不清楚。从书中逗漏出的信息分析,她很有可能一度得到胤礽的喜爱,否则,她怎么会非要家人在五月初一至初三到清虚观打醮呢?虽然在书中她已化为贾元春这个艺术形象了,但是从这个艺术形象回溯的话,原型显然会有这种心理动机,做过类似的事。

  增添了这样的论据以后,由贾元春来告发秦可卿真实出身的论断，就更符合逻辑了。如果一个贾家的女子，最早选秀女被选进太子宫里，在那里生活过一段时间的话，那么她对太子府的一些隐秘的事情就会有所耳闻，有所觉察，也就有可能获知，她自己的家族藏匿了一个从太子府里面偷送出去的女婴。她揭发了被藏匿女子的真实身份，造成了那名女子的死亡。尽管她觉得自己忠于皇家律法是正确的，也没导致自己家族受到处罚，甚至还相当"风光"地了结了那段"孽缘"，但内心毕竟不安，就私下派太监给家里送去银子，让家人给那女婴的父亲打平安醮，以免冤家来跟她纠缠。现实生活中，我们推测的曹家的一些情况和小说所呈现的艺术文本是对榫的。因为我确定的大前提是《红楼梦》具有自叙性、自传性，那么这些思路都应该是成立的，否则小说里不会有这么多逗漏之处。

还要细读第十六回。第十六回非常重要。有人跟我讨论过，说第十六回有点说不通。贾政正在过生日，忽然宫里边就有一个夏太监来下圣旨，贾氏就慌得不得了。书中说："唬的贾赦、贾政等一干人不知是何消息。"后来宣贾政入朝,贾政就去了。贾赦等不知是何兆头。"贾母等合家人等心中皆惶惶不定。"书中多次写到贾母心神不定。但秦可卿这个事不是已经画了句号,了结了?秦可卿的丧事都办完了,皇帝都派了大太监来上祭了,各路的公侯都在路边路祭了,北静王都亲切接见了路祭当中的贾宝玉了,贾家心里还有什么鬼啊?怎么皇帝一下旨让贾政入朝就慌成这个样子?也有人说,是不是皇帝对允许贾家大办丧事后悔了,所以又来问罪?但是,接下来根本没提秦可卿,完全是另外的事。贾家很快转恐为喜。赖大这些家人回来报告,说老爷还请老太太带着太太等进朝谢恩。闹半天是好事,大喜事!贾元春"才选凤藻宫"了。接下去写到贾母她们"方心神安定,不免又都洋洋喜气盈腮",书中就逗漏出那句很重要的话,写大管家赖大向贾母报告,说"如今老爷又往东宫去了"。为什么要往东宫去?这是怎么回事?

这些写法都说明,曹雪芹是在写现实生活中的一个重大事件,这个重大事件就是雍正的突然死亡以及乾隆的匆忙继位。雍正是在雍正十三年（1735）的八月去世的，死得很突然，上午还好好的，到傍晚就忽然传出他驾崩的消息。到现在都查不到翔实、准确的档案，说明他究竟是得什么病死的。民间有传说，他是被仇家派刺客谋杀的；有历史学家推测，他是服丹砂急性中毒身亡。贾政作为一个官员，在家里面大摆宴席过生日，这意味着他不知道皇帝会出事。如果皇帝病了，甚至是一个太妃、老太妃病了，按当时的规矩，这些贵族都不能够再进行这样的娱乐活动。这就说明，曹雪芹很真实地写出了雍正是突然死亡，所有人都没能预料到，曹家——转化到小说里就是贾家——也不例外。小说里面的皇帝，是把康熙、雍正和乾隆综合起来的一个模糊的形象，所以在小说里，皇帝上面还有太上皇。其实曹雪芹在世的时候，从努尔哈赤算起，一直到雍正，清朝还没有过一个太上皇。乾隆当太上皇的时候，曹雪芹已经去世三十多年了。曹雪芹之所以在小说里写皇帝上面有太上皇，就是因为他们家族对康熙有一种亲切感，于是就把康熙也写成好像还没有去世，把康熙、雍正、乾隆合并在一起来写。但在第十六回的这一笔所写的，应该是雍正的突然死亡。这个消息传来后，小说里面的贾家慌作一团。这样的描写是正确的。并不是因为秦可卿的事，他们才那么慌张，实际上曹雪芹是暗示政局突然发生了很大的变化，令贾家惊恐。

一朝天子一朝臣，现实生活当中的曹家是尝过这个滋味的。康熙一死，曹家失去了皇帝的宠爱，生活马上就发生了巨大的变化，甚至发生了惨痛的转折。所以当雍正突然死亡的消息传到曹家时，可想而知，曹家肯定是乱作一团。虽然雍正对他们很不好，使他们对雍正的感情和对康熙的感情是不一样的，但是这样一来，命运不可知的成分显然就又增加了。所以曹雪芹把这个情况移到书里面，就出现了贾家"不知是何兆头""贾母等合家人等心中皆惶惶不定"的慌乱场面。他这样写非常合理。在这种情况下，得到消息的王公大臣首先当然要到正宫去。皇帝死了，要履行某种仪式，也得有所表示。然后，凡是和即将即位的皇子有关系的，就应该到东宫去表示祝贺。所以"如今老爷又往东宫去了",写得很准确。

当然,现实当中雍正采取的是秘密建储的传位方式,不立太子,没有明确地告诉大家,也没有告诉弘历本人。但是在雍正晚年的时候,大家都看出来他看重弘历,虽不明说,但很明显继承皇位的应该就是弘历。所以在小说里面,把弘历的居所称为"东宫",也很自然。反映到小说当中,就是第十六回写的这个情况。

有人说,你推测贾元春的原型,最早不是送到胤礽那儿去了吗?怎么现在小说里又写成"老爷又往东宫去了",然后就传来消息贾元春"才选凤藻宫",晋封为凤藻宫尚书,加封贤德妃了?这一点都不奇怪,因为查清朝有关的档案可以发现,这些选秀女被选中的女性,在没有得到皇帝宠爱的时候,她们的命运完全由有关的六宫主管太监,乃至内务府来安排,可以多次重新分配。在康熙的儿子、孙子当中,身边的女子被重新分配的可能性最大的是谁呢?当然就是两立两废的太子,以及他的儿子弘皙。康熙认为不能让太子继承皇位了,但是要善待他,特别是皇孙弘皙,绝不能亏待。但这些人在宫里面又不安全,对他自己不安全,对政局也不安全,于是康熙就决心在现在叫郑各庄(过去叫郑家庄)的地方,盖一大片房子,打算把废太子移到那儿去住。当然,废太子没活很久,康熙去世以后,他在雍正二年(1724)就死了。而且雍正那个时候面对的政敌太多,他觉得废太子及废太子的儿子弘皙都是死老虎,所以并没有对他们加以迫害。当然也会对其严密监视,但表面上还容纳他们,封弘皙为亲王,把他移到郑家庄去居住。在移宫过程中,需要配备上下各种各样的人员,男的派作管家、仆从,女的就派去侍候王府的女眷。可以推测,在这样的二次分配当中,曹家这位女性没有跟弘皙他们到郑家庄去。这也可以理解,因为对废太子也好,对弘皙也好,给他们配备人员时,一般来说只能是做"减法",不能做"加法",因为他们是政治上的弱势族群了。所以可能曹家的一个女子,在二次分配中被从弘皙身边拨到了弘历身边。

这是当时女性共同的命运，她们不能自己选择去留，有的甚至要经历多次再分配。她到了弘历身边后，很可能在弘历还没有当皇帝的时候就已经得到了宠幸，成了王妃。小说里把这些事写了进来，因此探春抽到"必得贵婿"的签，大家就跟她说：我们家已经有了一个王妃，难道你也要成为一个王妃吗？这实际是现实生活中曹家人嘴边的话，曹雪芹就把它写进去了。他写这个的时候因为全书还没有统稿，所以前面设计贾元春已经是皇妃，不是王妃了，而后面却还是依照现实生活没有改过来。贾元春的原型原来的身份就是王妃，但她所伺候的这个王爷，一旦成为东宫的储君，一旦真正接替了皇位，王妃和皇妃，就像太妃和老太妃可以是一个人一样，当然就是同一个人。虽然寻找贾元春的这个原型不是很容易，可是我们也还是获得了这么多的线索。

　　贾元春跟着皇帝过了一段很美好的生活。但是好景不长，正像秦可卿的可怕预言一样："三春去后诸芳尽，各自须寻各自门。"乾隆元年（1736）、二年（1737）、三年（1738）这三个美好的春天过去之后，在第四春的时候就发生了重大的变化，现实中的曹家遭到了灭顶之灾。小说当中的贾家，最后也是彻底毁灭。因此，我们就需要探讨这样一个问题：如果贾元春的原型果然是先在胤礽、弘皙身边，后到弘历身边，最后有幸成为弘历身边一个受宠的女子，那么小说为什么最后要写三个春天过去以后，贾元春在第四个春天就悲惨地死去了呢？现实生活中发生了什么事件呢？这个女子想必也是在乾隆四年（1739）悲惨地死去了。其实曹雪芹在《红楼梦》第五回中，关于贾元春的判词和《恨无常》曲里面，就对这个角色的命运有了一个非常完整的勾勒。但是红学界历来对贾元春的判词和《恨无常》曲有争议。那么我就对贾元春这个艺术形象，对她在八十回以后的命运，做出我个人的探佚、推测。

贾元春判词

贾元春在前八十回里正式出场很少,只有省亲的时候有一场重头戏,然后就是一个背景人物了。八十回以后,贾元春肯定是有戏的,因为第五回的判词预示了她后来的命运。

在红学发展过程中,有一个说法,认为《红楼梦》有四个不解之谜,这四个不解之谜是:贾元春判词之谜、贾元春《恨无常》曲之谜、《红楼梦》书名之谜和《红楼梦》二十首绝句之谜。前三个谜指的是什么,一听就明白,都是《红楼梦》文本里出现过的。第四个谜则需要略微解释一下。这不是

《红楼梦》文本里的，而是《红楼梦》手抄本流传的过程中，在乾隆朝中期，有个叫富察明义的人读了以后所写的二十首绝句。诗句里透露出来，他所看到的手抄本似乎不止八十回，而八十回后也绝非高鹗所续。诗中道出了一些他看到的八十回后的情节。但他以诗的形式表达，又把自己的感慨糅合进去，就让意思很朦胧，也让人们的理解各不一样，因此也就成了不解之谜。由于红学界对这四个不解之谜争论不休，难有定论，因此有人干脆将它们称为"红楼死结"。

四个不解之谜的死结里，两个都与贾元春有关。可见，《红楼梦》第五回关于贾元春的判词和《恨无常》曲是难啃的硬骨头。可是，这两个谜非破解不可。这不仅关系到我们对贾元春这个人物的理解，也关系到我们对整部书的理解。我自己在这方面也进行了很长时间的研究，也有所收获。现在我就把自己啃下这两块硬骨头以后，对这两个谜的破解以及打开这两个死结的心得，竭诚地告诉大家，以供参考。

先来看关于贾元春的判词。贾元春在太虚幻境薄命司厨中的《金陵十二钗正册》里处第二位。她那一页画着一张弓,弓上挂着香橼。画弓当然是为了让我们联想到"宫",香橼当然是为了让我们联想到"元"。弓又是凶器,被挂在上面不是什么吉兆。画旁边有一首关于贾元春的判词,一共四句:"二十年来辨是非,榴花开处照宫闱。三春争及初春景,虎兕相逢大梦归。"这短短的四句话,究竟在表达些什么?每句判词的背后,究竟隐藏着什么秘密?

"二十年来辨是非",这是贾元春判词的第一句。字面看起来没有什么难解释的,但是红学界过去就觉得这句话很古怪——二十年是怎么算的?从什么时候到什么时候?有人说大概是指贾元春进宫二十年了。选秀女,按清朝规定,三年一次。备选女子在十四岁至十六岁之间最合适,有时也会略微降低一点年龄。我们假设贾元春十三岁选上,进宫二十年后都三十三岁了,那就是一个中年妇女了。这个"二十年"意味着什么呢?是说她在宫里面待得久呢，还是想表示她在宫里面待得还不够长？

"二十年"不好解释，"辨是非"就更不好解释了。过去有人说她在皇宫里面二十年，不断地去辨别皇帝的是非。这可能吗？一个女子好不容易得到皇帝的宠爱，她会用二十年时间去辨皇帝的是非？在那个社会里，皇帝只有是，没有非，他怎么着都是对的，除非他的权力被别人拿走了，是个傀儡皇帝，否则，虽然有时候也会听取一下别人的意见，对于所谓"诤臣"，有时候还会加以表扬，但是他拍了板，就是定论了，就得照办。皇帝本人，乃是非的终极标准。特别是后宫的妃嫔，是严禁干预朝政的。在康、雍、乾三朝，这一点皇帝把持得很紧，也没有出现过后妃干预朝纲的事情。所以我认为，贾元春用二十年的时间辨是非，辨的不可能是皇帝的是非。

皇帝有没有非？从今天的无产阶级立场来看的话，不消说，实行封建专制统治，本身就是个大大的非。从当时农民起义者的角度来看的话，皇帝当然也绝对是大非，是个必须要推翻的坏东西。问题是我们现在讨论的是小说里面贾元春这个角色，她是无论如何也不会把自己的人生目标确定为辨别皇帝的是非的。小说里面也没有任何情节写到她去辨别皇帝的是非，连这样的暗示也没有。所以咱们讨论贾元春这个艺术形象，就很难解释她究竟在分辨谁的什么是非，而且用二十年时间去辨。

咱们先来讨论"二十年"。《红楼梦》里，"二十年"多次出现。《红楼梦》里面经常出现一些年代语言，比如说在第五回，警幻仙姑碰到宁、荣二公，宁、荣二公嘱托她说："吾家自国朝定鼎以来，功名奕世，富贵传流，虽历百年，奈运终数尽，不可挽回者。"在这里宁、荣二公就提出了一个"百年"，就是说他们这个家族的荣华富贵流传到故事发生的时候，也就是贾宝玉在宁国府、在秦可卿的卧室里面午睡的时候，已经有一百年了。这个数字和清朝确立政权，又经历顺治、康熙、雍正三朝的时间大体相合，和曹家当年在关外成为正白旗的包衣到当时的时间也大体相合。这也就再次说明，《红楼梦》是具有自叙性、自传性、家族史特点的小说。

大家印象更深刻的应该是第七回的焦大醉骂。焦大醉骂当中有这样一句话:"二十年头里的焦大太爷眼里有谁?"这就又出现一个"二十年"。焦大所指的"二十年头里"应该是什么时候呢?小说是一个虚拟的时间和空间,我们现在要讨论的是在现实生活中,焦大的生活原型所说的"二十年头里"大体是什么时候。我分析了《红楼梦》文本的时代背景,第一回至第十六回大体上是雍正时期,更具体地说,差不多是雍正暴亡之前。雍正当皇帝当了十三年,在雍正朝最后,说"二十年头里",那么减去雍正朝的年头,所指的就是康熙朝。"二十年头里的焦大太爷眼里有谁",这句话就证明,小说里的贾家在二十多年前的状态比小说里面写秦钟到他们那儿去做客,然后让焦大把他送回家的时候要强得多。那个时候,焦大作为一个老仆是非常风光、谁也惹不起的。我们回过头来,到现实生活中去看一看,会发现康熙朝确实是曹家最风光的时候。

第十六回实际上讲的是雍正暴亡和乾隆登基的情况。在这样一个背景下,小说节奏加快,说"老爷又往东宫去了",然后就写到贾元春不但"才选凤藻宫",而且得到皇帝的特许,可以回家省亲了,于是贾府开始为省亲做准备。这对贾氏宗族是一件天大的事。大家都很高兴。家里面的老仆人赵嬷嬷与王熙凤就开始议论省亲的事情。这个时候,王熙凤的话里面也有一些年代数字,比如她说"可恨我小几岁年纪,若早生二三十年,如今这些老人家也不薄我没见世面了。说起当年太祖皇帝仿舜巡的故事,比一部书还热闹"。王熙凤在这儿用了一个很概括的时间,"二三十年"。雍正朝晚期往前推二三十年,恰恰是康熙皇帝南巡的那个时间段。康熙是在康熙二十三年(1684)首次南巡,康熙四十六年(1707)最后一次南巡,然后于康熙六十一年(1722)去世。雍正只当了十三年皇帝,从雍正十三年(1735)往前推二三十年,大体就是康熙后几次南巡的时间。所以曹雪芹写王熙凤这样讲,也是有现实生活为依托的。

我个人的研究证实,《红楼梦》里面的这些年代数字,都是与康、雍、乾三朝政局的情况、曹家的兴衰相契合的,都是能够找到生活的原型事件、原生状态的。书里有一个数字,我特别重视。在第四十七回,贾母说:"我进了这门子,作重孙子媳妇起,到如今我也有了重孙子媳妇了,连头带尾五十四年,凭着大惊大险、千奇百怪的事,也经了些。"前面都是些"百年""二十年""二三十年"之类的概括性数字,这个数字却忽然精确到了个位。贾母这个人物是有生活原型的,可以确定就是李煦的妹妹,嫁给了曹寅。李煦在给康熙的奏折里有"臣妹曹寅之妻李氏"这样非常清晰的表述。李氏在小说当中化为了贾母这个艺术形象。贾母说这个话是在第四十七回,根据我的判断,这一回应该是乾隆元年(1736)的事情。从乾隆元年(1736)回溯五十四年,是康熙二十一年(1682),那一年曹玺还活着,任江宁织造。曹玺是曹寅的父亲。曹寅当时二十五岁,在京城是治仪正或兼佐领职。贾母原型的年纪应该大体和曹寅相当,就在那个时候过门了,嫁给了曹寅。从那个时候算到乾隆元年（1736）,正好是五十四年。

她说"到如今我也有了重孙子媳妇了",这个时候秦可卿已经死了,但秦可卿死后,贾蓉续娶了。小说后面几次提到有一个贾蓉之妻,而且在第五十八回里面写到老太妃薨逝后,"贾母、邢、王、尤、许婆媳祖孙等皆每日入朝随祭"。这句话里排在最后的一位,应该就是贾蓉之妻。这里点出了她的姓氏——许。只是这个人在前八十回里面没有任何故事,彻底成了一个背景上的影子。后来高鹗续书,通行本上又把贾蓉续娶的妻子说成姓胡。所以贾母说五十四年前自己的身份是重孙子媳妇,意味着她嫁过去的时候,上面可能还有一个太婆婆。过了五十四年之后,她也有了重孙子媳妇。而且贾母说这五十四年是不平静的,她经历了很多大惊大险、千奇百怪的事,这也正符合历史上曹家的情况。曹寅娶了李氏以后,一直到最后去世,那真是大惊大险多极了。

所以说,"二十年来辨是非"的"二十"不会是一个随便写下的数字，而是可以推算的。怎么个算法呢？我个人认为，不是说贾元春已经进宫二十年，而是说贾元春为了一件事情辛苦了二十年。什么事情呢？现在我们读到的判词，在多数的版本上都是"二十年来辨是非"。但实际上在古本《红楼梦》里，不完全是这样的写法。起码有两个古本写的是"二十年来辨是谁"。这很值得我们思考。很可能这样的古本里边的句子更接近曹雪芹的原笔原意。二十年来，她一直在判断一个人究竟是谁。这个人绝不是皇帝，而是秦可卿。从小说里贾家的情况来看，贾元春年龄不大。王夫人是一个五十几岁的妇女。贾元春的生活原型应该是曹颙或者曹頫的一个女儿，她应该是曹雪芹的亲姐姐或者堂姐，比秦可卿稍微大一点，也无非是大个四五岁的样子。在她四五岁的时候，就发现家族里出现了一个神秘的女孩，比她略小。这个女孩子被说成是一个小官吏抱养后送到宁国府的。开头可能是童养媳的身份，因为她当时年龄还很小，就在宁国府里面长大成人。秦可卿，从小说里的描写来看，气象万千，派头很大。在现实生活中，这个人作为废太子的女儿，并不是真的在一个破落的小官吏家庭长大。她被曹家收养时，曹家的境况并不怎么好，不像书里写的宁、荣二府那么富贵繁荣。但她可以不被圈禁，就有了自由。不仅可以跟自己的家族保持秘密联系，还可以和皇族里其他知道她的真实身份而不予揭破的同情者，以及真以为她是曹家媳妇又还接纳曹家的王公贵族，比如康熙的二十一阿哥允禧家中的女眷公开来往，建立比较密切的关系。因此她的生活环境、成长环境，绝不止于一个小官吏家庭，也不仅仅是曹家，她应该有更广阔的成长环境。

雍正登基后，要对付的政敌非常多，他对废太子这一支不会放松警惕，但是没有把他们作为打击的首选。而且对于废太子的儿子弘皙，他还遵照康熙的遗嘱，封他为郡王，后来又升为亲王，把弘皙移到了郑家庄居住。这种安排，不是圈禁，雍正不能公开宣布把他圈禁起来。这和废太子的待遇在表面上是不一样的。雍正当然会对弘皙有所监视，可弘晳的自由度比圈禁要大得多，毕竟他都私立内务府七司了。那么，弘晳不可能不关注藏匿在曹家的妹妹。这个妹妹逐渐长大以后，也不可能不和弘晳，以及她家族的人发生关系。而且，既然弘晳并没有被圈禁，她又有行动自由，她就可以短时间地，或者是相当长一段时间地到郑家庄的亲王府里去住。因此，秦可卿不但血统高贵，而且有一种高于贾家的见识和修养。从其原型的成长历程来看，这是完全可以理解的。

为什么贾元春要琢磨秦可卿究竟是谁？贾元春的原型在小时候，可能模模糊糊地觉得这个比她小一点的女孩有点奇怪，但是她不可能有深刻的意识，也不一定有搞清楚她是谁的浓厚兴趣。但是她到了胤礽和弘晳的身边后，就会从那里的一些妇人的私语里隐约感觉到有些奇怪。府里面当年说的生出来又死掉的婴儿，很可能就是她小时候忽然出现在她家族里的女孩。于是，她就一直琢磨这件事情。那句判词之所以在有的古本上写作"二十年来辨是谁"，就是说贾元春一直在琢磨，贾府里的这个女人究竟是谁。她不是到了当今皇帝身边才开始"辨是谁"的，而是从四五岁就开始纳闷了，后来选秀女选上了，她还在辨。再后来，她的生活出现了一个大的转折。辨到第二十年的时候，她的判断就成熟了，她就说出来了。

贾元春逐渐掌握了确凿的证据后，就选择了一个最佳时机来揭露这件事情，告发了秦可卿。她如果是从四五岁开始琢磨这个事情，二十年后应该是二十四五岁；弘历做皇帝的时候差不多也是二十四五岁。这两个人的年龄应该是相当的。弘历对来到他身边的这样一个曹家的女子肯定产生了好感。她得到了弘历的宠爱。这时正好雍正暴亡，弘历登基。弘历登基以后的第一件事就是抚平政治伤口，该赦的赦，该免的免。贾元春的原型，也就是现实生活中的这个曹家女子，就觉得这是最好的时机。

无论是这个生活原型，还是小说里的贾元春，告发家族藏匿皇家女子，都得选择一个最佳时机。她要达到三个目的：第一，她觉得自己要坚持原则。我是皇家的人，我要坚持一个至高无上的皇家原则，皇家里面有个别的人做了这种不对的事情，我有揭发的义务。第二，我要保护自己的家族。她揭发自己的家族藏匿了不该藏匿的人，不是为了让自己的家族遭连累，而是为了保护自己的父母，让自己的家族得到解脱。为什么在这个时候告发，她的家族就能得到赦免解脱呢？她看到了新皇帝正在给所有这些皇族遗留问题画句号。第三，她是为了达到隐藏在心底的一个目的。如果做了这样的事，而且家里配合得也很好，皇帝会认为她忠孝贤德，所以小说里写皇帝最后提升了她的位阶，她于是"才选凤藻宫，加封贤德妃"。小说里面写的，虽然对现实生活中发生的事情的顺序略有调整，但大体上应该就是这样。再读第十三回到第十六回，就会觉得叙述的时间排列基本合理了。因此我觉得"二十年来辨是非"这句判词的意思应该是很清楚的，并不难解释。

贾元春判词的第二句是"榴花开处照宫闱"。很多红学研究者认为这句判词没有什么特别意义，只不过是一句景观描写而已。我不这样认为，这一句也需要破解出其中的深意。

"榴"就是石榴。石榴多籽，寓意多子。紫禁城里妃嫔住的院落里都种石榴树。它有时候不直接栽在地下，而是栽在一个大盆里面。现在去故宫参观，有时候还能发现，月台上一溜都是石榴树。封建社会，从皇族一直到普通老百姓，都希望多子多福。康熙皇帝本身就是一个榜样，你看他那么多子女，而且以子女众多为荣、为喜。我个人以为，"榴花开处"意味着贾元春实际上已经怀孕了，所以她得到了皇帝那么大的宠爱。一般来说，皇帝宠爱一个女子，在多数情况下，还是因为她为自己有所生育，特别是能给自己生儿子。所以贾元春后来命运为什么悲惨呢？因为从小说里面我们看不到一点痕迹说她把怀的这个孩子生下来了。在现实生活中，情况可能也是很悲惨的。她的原型怀上了乾隆的孩子，却没能顺利生产。石榴开花是为了结果，但是最终不是"石榴结处照宫闱"，仅仅是"榴花"。

贾元春判词的第三句是"三春争及初春景"。很多红学研究者认为，这是指贾府四位小姐——元春、迎春、探春和惜春之间的关系，"三春"指的是迎春、探春和惜春，因为她们三人都不如元春风光显赫，所以是"三春争及初春景"。那这句话又为什么被人说是"红楼死结"呢？

贾家有四个平辈的女性，元、迎、探、惜。这四个女性名字的第一个字合起来又是一个谐音，就是"原应叹息"。"原来就应该为她们叹息啊！"这是曹雪芹为这些最后命运都不好的薄命女性进行的艺术概括。她们的名字又都带春字，因此可以说是四春——元春、迎春、探春、惜春。因此，"三春争及初春景"，很多人就解释成：你看元春多风光啊，元春到皇帝身边，"才选凤藻宫，加封贤德妃"了，迎春、探春、惜春你们都不如她，所以叫作"三春争及初春景"。但这是说不通的。

《红楼梦》第五回关于十二钗的判词和曲，都不是说她们一段时间里的状态，而是概括她们的整体命运，点明她们的结局。就结局而言，迎春确实命最苦,她嫁给"中山狼"孙绍祖以后,很快就被蹂躏死了。但是探春跟惜春都没有死,尽管一个远嫁,一个当了尼姑,总比死了好吧。而元春呢?我们读完判词再读有关她的曲《恨无常》,就知道她后来很悲惨地死掉了。在第二十二回,元春的灯谜诗,也很清楚地预示着她的惨死:"一声震得人方恐,回首相看已化灰。"她究竟怎么死的?那些情节、有关细节,因为曹雪芹的八十回后文字散佚了,所以探讨起来可能要麻烦一点。但她的结局是悲惨地死掉,这是无可争议的。如果非要比较四位女性的结局的话,只能感叹"迎春怎及初春景",怎么会"三春争及初春景"呢?

《红楼梦》里有"三春"字样的句子非常多,比如"勘破三春景不长""将那三春看破",还有我们反复引用的秦可卿临死前向凤姐托梦,最后念的偈语,叫作"三春去后诸芳尽,各自须寻各自门"。所以如果胶着在"春"是四个人,来回来去捯饬这"三春"的话,怎么也捯饬不出一个道理来。特别是"三春去后诸芳尽",怎么算"去"?

如果死了算"去"的话,那只有迎春、元春死了,应该说"二春去后诸芳尽";如果远嫁、出家也算"去",那就该说"四春去后诸芳尽",怎么也算不出"三春"来。那么这些话里面的"三春"究竟都是指什么呢?

其实很简单,"三春"不是指三个女子,而是指三个春天,"三春去后"就是三个春天过去后。那么"三春争及初春景"是什么意思呢?如果把"三春"理解成三个春天,理解为三个美好的年头的话,这个问题就迎刃而解了。一年固然有四季,但如果我们觉得三年都过得不好,就可以说这三年是"三冬","三春"则是指美好的年头一共有三个。"三春争及初春景",就是说贾元春最美好的日子就是封为贤德妃的乾隆元年(1736)。这就是初春。小说也写了二春、三春的故事。背景大约是乾隆二年(1737)和乾隆三年(1738)。由于各种各样的原因,虽然那个时候元春的情况也还比较好,但没再回家省亲了。所以对于贾元春来说,确实是"三春争及初春景"。她一共有三个比较美好的春天，但是在三个春天里面加以比较的话，还是第一个最美好。这样就把贾元春的命运发展的轨迹表述出来了。

贾元春判词的第四句是"虎兕相逢大梦归"。对于这句判词，红学界争议更大。不是"虎兔相逢大梦归"吗？后来的通行本写的都是"虎兔相逢大梦归"。但究竟是"虎兔"还是"虎兕"，这是《红楼梦》研究中一个很热门的话题。

有的研究者认为，原来是"虎兔"，因为"兔"跟"兕"很相似，导致当年的抄手抄错了。有的研究者也认为是抄错，但却是把"兕"错抄成了"兔"。因为"兕"比"兔"生僻，如果原来是"兔"，很难想象有人会把一个常见的字抄成一个许多人都不会写、也不知道该怎么念的怪字。也有研究者认为，是高鹗续书的时候选定了"兔"字，他那是别有用心，故意把曹雪芹原作里传递的权力斗争的信息化解为一种宿命，一种迷信。

我认为，曹雪芹的原笔原意应该是"虎兕相逢大梦归"。兕是一种猛兽，犀牛一类的独角兽，很凶猛，跟虎相搏难分胜负。在虎兕相逢的恶斗当中，贾元春如何了呢？"大梦归"，就是死掉了。

有一些人坚持认为是"虎兔相逢大梦归"。高鹗、程伟元续后四十回《红楼梦》写了元妃之死。高鹗的续书是有一些优点的，我不想全盘否定，但是他写贾元春之死确实太荒唐了。高鹗说贾元春没有发生任何不测，她是"自选了凤藻宫后，圣眷隆重，身体发福"，用今天的话说就是肥胖症。说她"未免举动费力，每日起居劳乏，时发痰疾"，即吃荤东西吃多了，喉咙老堵着痰。"偶沾寒气"以后，就"勾起旧病"，"竟至痰气壅塞，四肢厥冷"，因此就薨逝了。她是因为发福、多痰，可能又得了点儿感冒，就死了，很太平地死在凤藻宫里了。那么，前面第五回的判词也好，关于她的《恨无常》曲也好，关于她的那首灯谜诗也好，等于都白写了，一点没有暗示作用。

那他怎么解释"虎兔相逢大梦归"呢？他就说："是年甲寅年十二月十八日立春，元妃薨日是十二月十九日，已交卯年寅月，存年四十三岁。"

因为那一年是卯年,那个月是寅月,卯就是兔,寅就是虎,所以这不就是"兔虎相逢"吗?她就"大梦归"了。这是兔虎相逢,不是虎兔相逢,应该先把年搁前头,把月搁后头。他自己说"是年甲寅年十二月十八日立春",是甲寅虎年。过去也确实有一种说法:立春以后,可以算是另外一年了。甲寅过后是乙卯,就说元春是死在虎年和兔年相交的日子不就行了?他偏不按年与年说,非按年与月说。也许他的意思是到了卯年,但月还属于寅年的月,所以卯中有寅,算是兔虎相逢,但这逻辑实在是说的人和听的人都脑仁儿疼。我认为,说来说去,他就是要回避"虎兕相逢"这个概念,一定要写成"虎兔相逢"。这起码可以说是个败笔吧。

而且,他说贾元春去世的时候四十三岁。在当时,四十三岁是一个很大的年纪,已经算是个小老太太了。这很古怪,不知道他怎么想的。"才选凤藻宫"没多久,贾元春就四十三岁了。高鹗续《红楼梦》八十回以后,也没有很大的时间跳跃,没有说过了三年、过了五年,就那么煞有介事地按前八十回的时间顺序往下写。写到贾元春死的时候，离元妃省亲也不过几年。这样往回推算的话，一个三十七八岁的妇女，也没有生下个儿子来，能得到皇帝那么大的宠爱吗？按我的分析，贾元春省亲的时候不过二十四五岁。这样算，和书中对其他年代的交代是对榫的，和现实生活中曹家的情况也是能够大体对榫的，所以我觉得这个思路应该还是成立的。何况古本上写的就是"虎兕相逢大梦归"，就是两种猛兽恶斗，在这个过程当中，贾元春不幸地一命呜呼，最后只得到一个人生如梦的感叹。

这样，我们就把贾元春的判词完全读通了，它不再是不解之谜，更不是什么死结，是个蝴蝶结，一抻就解开了。

当然了，第五回不仅通过判词来暗示贾元春的最后结局，还通过《红楼梦》十二支曲中的《恨无常》来概括她的命运。因此，如果要探究贾元春的死亡原因，就必须对《恨无常》曲以及书中其他的一些描写进行研究分析。

贾元春之死

我们现在要探讨的问题是：贾元春究竟是怎么死的？

因为我们现在看不到八十回以后曹雪芹关于贾元春的描写了，所以只能从第五回里面，曹雪芹写下的对贾元春命运的暗示去分析。第五回除了判词，还有曲。现在我们就探究一番关于贾元春的《恨无常》曲。判词和曲，总的意思是相同的，但是在对一些具体情况的交代上又各有侧重。

喜荣华正好，恨无常又到。眼睁睁，把万

事全抛。荡悠悠，把芳魂消耗。望家乡，路远山高。故向爹娘梦里相寻告：儿命已入黄泉。天伦呵，须要退步抽身早！

这首曲名叫《恨无常》。关于秦可卿的那首曲，名叫《好事终》。两首曲的曲名搁到一起，触目惊心。我认为，两个曲名体现出了秦可卿和贾元春是扯动贾家命运的两翼：秦可卿的好事终了，很快贾元春的好事就来临；但是贾元春的最终命运仍然不好，所以叫《恨无常》。什么叫无常？如果始终不好，就叫常不好，始终好，就叫常好；情况总在变动中，而且往往无法预测，因此也就无法控制、无法避免，就叫无常。各种状态都不能持久。如果是不好的状态不能持久，当然挺不错的，但是贾元春命运的悲惨在于，她的好运不能持久，所以她所谓的"恨无常"，实际上也等同于"好事终"。曹雪芹在营造这些《红楼梦》曲的时候，真是煞费苦心。

这个曲我们要一句一句地体味。"喜荣华正好，恨无常又到。"这两句跟秦可卿那个曲的曲名真是挺对榫的。把秦可卿《好事终》的曲名挪到这两句前头,不也挺恰当吗?"荣华正好",结果"无常又到"。"无常"既意味着事情不稳定、经常变化,在过去又是一个特指。什么叫"无常"?催命鬼。鲁迅先生的《朝花夕拾》里就有一篇《无常》,回忆他小时候在乡间看迎神赛会时见过的人装扮的这种鬼:"浑身雪白","一顶白纸的高帽子",手里捏一把"破芭蕉扇",有时候还拿一个算盘,意思是来找人"算总账"。鲁迅先生在书里还亲自画了无常的插图。总之,无常是过去民间传说中来自阴间的鬼。他让活人感到一切都不可能长久,一切都会变化,到头来要被他清算,被他带往阴间。而且,他不讲情面。鲁迅先生就在那篇文章里写道:过去的目连戏里,无常给人印象最深的唱词就是"那怕你,铜墙铁壁!那怕你,皇亲国戚"!因此关于贾元春的曲里说"恨无常又到",既表示没有想到的最坏的变化来到了,同时也意味着勾她赴黄泉的无常鬼来了。

底下一句就接着说，贾元春"眼睁睁，把万事全抛"。她"二十年来辨是谁"，多费心思啊！她向皇帝效忠，告发了宁国府的那个女子；她苦心经营，又让皇帝觉得她忠心耿耿，又为贾家求得了赦免，只是让秦可卿自尽了事，没把真相暴露，把皇家、贾家的面子全保住了。而且，秦可卿的长辈在当时的情况下，也忍痛牺牲了秦可卿，以求暂时的政治平衡。而她因此被皇帝褒奖，才选凤藻宫，加封贤德妃，回家省亲，大大地风光了一回。甚至于为了面面俱到，她还专门安排了清虚观打醮，在秦可卿父亲生日那天，为其打平安醮，以表示她的告发是不得已，是坚持原则。当然也是希望事情了结后，他能理解她、谅解她。她自己也求个心里平安。而且很可能她还怀了孕。"榴花开处照宫闱。"石榴树都开花了，如果结出果子的话会是什么样的情景啊？但没想到这些竟然都是过眼烟云，正如秦可卿在天香楼上吊前跟王熙凤预言的那样："也不过是瞬息的繁华，一时的欢乐。"到头来，她还是"眼睁睁，把万事全抛"。

曹雪芹在《恨无常》曲的第二句，就已经非常明确地告诉我们，这个人的死亡，不是因为发福、痰壅、感冒，而是突然死亡。什么叫"眼睁睁，把万事全抛"？一个人"眼睁睁"地不愿意死，但还是不得不"把万事全抛"，就说明是非正常死亡。

如果这样解释还不够的话，请听警幻仙姑让歌姬们唱出的下一句："荡悠悠，把芳魂消耗。"这句话很恐怖。有朋友说，原来她也是跟秦可卿一样上吊死的啊。现在我要郑重指出，她的死法和秦可卿是有区别的。秦可卿是自己上吊而亡，"画梁春尽落香尘"。贾元春是"荡悠悠，把芳魂消耗"，很可能是被别人用绸巾、玉帛绞死的，而且死得非常痛苦。她的"芳魂"是"荡悠悠"地、一缕一缕地消失，非常悲惨。

她死在什么地方呢？《恨无常》曲交代得非常清楚。是像高鹗写的那样死在凤藻宫吗？不是，"望家乡，路远山高"。这是在什么地方？有人说她不是金陵十二钗吗？她的"家乡"应该是金陵。如果她是在皇帝身边的话，望她的家乡不是"路远山高"吗？这个听起来似乎也还自成逻辑，但是我认为，这样解释很牵强。通过小说里面的描写可以知道，贾家很早就离开金陵了。小说里面写贾宝玉神游太虚境，看到有金陵十二钗的册页，就向警幻仙姑提问："常听人说金陵极大，怎么只十二个女子？"贾宝玉对金陵完全没有记忆。当然，警幻仙姑有一个解释：不重要的就不录了，录进的都是重要的。这就说明小说里面的贾家已经离开金陵很久了，金陵只是原籍。贾家几乎每一个人都死在离金陵很远的地方，曹雪芹不可能把一句可以通用于贾家诸多人物的词句特地写在这里，所以我认为"路远山高"不会是指原籍。在《恨无常》曲里面这样写元春之死，指的应该是元春死于一处荒郊野外，不但离她的祖籍金陵很远，而且离她平时居住的凤藻宫也很远，当然离她自己父母所住的荣国府也一样远，应该是潢海铁网山那一类的地方。

贾元春和秦可卿又有类似的地方。秦可卿上吊还没死绝的时候，跑去给凤姐托梦；贾元春在芳魂荡悠悠的时候，也向父母托了梦，或者起码是她的阴灵托梦。《恨无常》曲里面对此写得很清楚，就是"故向爹娘梦里相寻告"。小说的八十回以内没来得及写到她的死亡；八十回以后的文字，曹雪芹的原笔现在没有看到，所以我们只能估计，她也是托梦。她在梦里跟父母说了什么呢？她说"儿命已入黄泉"。这句话就更确定她是死了。如果说"荡悠悠，把芳魂消耗"还不一定是死，那么这句就太清楚不过了。她发出了一个惨痛的警告："天伦呵，须要退步抽身早！""天伦"是她的一声呼唤，不仅是对父母，几乎可以包括所有的亲族，建议贾氏家族"须要退步抽身早"。什么叫"退步抽身"？第二回，贾雨村在赋闲的时候到了一个叫智通寺的破庙，门旁有一副对联："身后有余忘缩手，眼前无路想回头。"这些意蕴在《红楼梦》里是贯通的。就是说，不要老觉得荣华富贵是可以持续绵延的，不要总是想尽办法到争夺权力的战场上去抢一块肉、分一杯羹。在荣华富贵的诱惑面前，不要眼前无路才想回头，身后还有余的时候却忘了缩手。要从哪儿退步？从哪儿抽身？就是从"双悬日月照乾坤"的这种皇权斗争里退步、抽身。当然，这种劝告起不到作用，因为小说里的四大家族，特别是家族里的主要成员，是不太可能真正从权力的角逐中退步抽身的，而整个《红楼梦》的悲剧根源也就在于此。

尽管由于稿子的散失，我们无法看到《红楼梦》八十回之后真正的原作，不过通过贾元春的《恨无常》曲，我们还是可以得出一个清晰的结论——贾元春终将难逃悲惨死去的命运。那么，以"草蛇灰线，伏延千里"著称，擅长设置大伏笔的曹雪芹，在《红楼梦》前八十回里有没有这方面的设计呢？元春唯一一次公开亮相是省亲的时候，会不会透露了这方面的蛛丝马迹呢？贾元春省亲的时候，其他活动结束后就要演戏。当时点了四出戏。这四出戏非常重要，因为脂砚斋提醒我们说"所点之戏剧伏四事，乃通部书之大过节大关键"。虽然我们现在读曹雪芹的原笔原意只到八十回，但是这四出戏暗示了八十回以后的一些情况。

第一出叫作《家宴》。这是一个折子戏，是《一捧雪》里面的一折，剧本是清朝一个叫李玉的人写《一捧雪传奇》。一捧雪是一个玉杯的名称。这是一个像白雪一样的玉器，拿在手里像一捧雪一样，非常珍贵。一捧雪这个重要道具贯穿这出戏的始终，造成了很多人的不幸。脂砚斋的批语很细，在这第一出戏旁边批了"伏贾家之败"。在元妃省亲时候，这出戏的出现之所以是一个伏笔，说明在八十回以后贾家的最后陨灭和一件重要的古玩有关。和元春有关系的应该是一件什么样的古玩呢？

《红楼梦》第七十二回忽然写到一件事，鸳鸯有事来到贾琏和王熙凤住的地方（他们两个住在贾府后面一个单独的小院子里），贾琏突然问鸳鸯：有一件事我忘了。上年老太太生日，有一个外路来的和尚孝敬的一个腊油冻的佛手，因为老太太喜欢，就立刻拿去摆着了。因为前日老太太生日，我看古董账上还有这一笔，可是又不知道这件东西现在着落在何方。贾府有一个机构专门管理府内事务，每一件古玩用完后都要归档，结果就发现古董账上记的腊油冻佛手没有归档。贾琏作为贾府的管家，就要查问。鸳鸯就生气了，说："老太太摆了几日厌烦了，就给了你们奶奶。"就是说给了王熙凤了。贾琏还要查问。后来平儿出来了，也说是给了王熙凤了，然后就埋怨贾琏，说这么一个事你怎么记不清楚，来回来去地问。贾琏后来还感叹："我如今竟糊涂了！丢三忘四，惹人抱怨，竟大不像先了。"曹雪芹写文章是几乎没有任何废笔废墨的，他写腊油冻佛手用了好几百个字，这是为什么呢？

　　什么叫腊油冻佛手？我请教过有关的古玩专家，还有做玉器的玉工，他们说"腊油冻"是说颜色和质感就如同南方腊肉上面的肥肉部分一样滑润，腊油冻佛手就是用那种石料雕刻成的佛手。贾琏为什么要追问这个东西？腊油冻石料的产量非常低，所以这个佛手是非常名贵、非常值钱的。这个佛手在古董账上有，可是摆古董的架子上却没有，当然要查问它的下落。为什么在前八十回里面会有这样一段情节呢？用的字还挺多。我估计在八十回后，这件古玩将是贾家败落的一个导火线。佛手是一种芸香科植物果实的变异，如果不变异，就是香橼。跟贾元春的判词配套的那幅画画了一张弓，弓上就挂着一个香橼。香橼的"橼"当然是谐元春的"元"。腊油冻佛手，就是腊油冻石料雕刻出的一个变形香橼，也就是元春本人的一种象征。当然，因为看不到曹雪芹在八十回以后所写的关于贾元春的具体故事了，我只能进行一些猜测。

第二出戏就是《长生殿》。脂砚斋在这个戏名后面的批语就更清楚了，明写"伏元妃之死"。《长生殿》写唐玄宗和杨贵妃的故事。三军哗变后，杨贵妃就被赐死了，她自己又不愿意上吊，就被人用绸子缢死了，就是"荡悠悠，把芳魂消耗"。所以，贾元春后来显然是惨死。她不愿意死，可是又不得不死，她死得比秦可卿还要惨。秦可卿还可以选择上吊的地点，自己结束自己的生命；贾元春最后是被人缢死的，很惨。

第三出戏是折子戏《仙缘》，写的是黄粱一梦的故事。脂砚斋对此的批语特别惊动红学研究者。

大家就都没法猜了。脂砚斋说，这出戏是"伏甄宝玉送玉"。就是说在八十回以后会有一个重要情节，甄宝玉这个人物要正式出场，而且他有一个行为就是送玉。甄宝玉送的什么玉？为什么要送玉？送完玉以后又出现了什么情况？这里暂不探究。

第四出戏也是折子戏，是《牡丹亭》里面的《离魂》。脂砚斋的批语说得很清楚，就是"伏黛玉之死"。因为我们现在主要是探究贾元春，黛玉的事情我们也暂时按下不表。

除了元春省亲时的四出戏，《红楼梦》里还有相关的描写，也起了暗示的作用。在第二十二回下半回"制灯谜贾政悲谶语"中，就通过元宵节贾府众人制谜猜谜的故事，暗示了这些人物各自的命运。其中，贾元春所制灯谜最能够引起人们的兴趣。

省亲后的元宵节，元春带头写灯谜，引出了荣国府里的灯谜大会。她写了一个灯谜，谜底是炮竹。灯谜是这么写的："能使妖魔胆尽摧，身如束帛气如雷。一声震得人方恐，回首相看已化灰。"这个谜语是很浅白的。她把自己比喻成一个炮竹，

"能使妖魔胆尽摧"。为什么她会有这样一种情怀呢？就是因为她"二十年来辨是谁"。她发现自己家族里面居然藏匿着一个义忠亲王老千岁的女儿，她认为这样做是不符合皇家规定的，是一种妖魔的做法。特别是她在小说里是荣国府的人，可能对宁国府本来就没有什么好感，尤其对贾珍这样的人没有好感，所以她觉得自己"能使妖魔胆尽摧"，她"身如束帛气如雷"。之所以能够去揭发秦可卿，是因为她觉得道理、正义在她这一边。她一身正气，所以气势如雷，义无反顾。她"一声震得人方恐"。结果如何呢？秦可卿不得不死。而她自己又怎么样呢？"回首相看已化灰"。脂砚斋在这个谜语旁边是有批语的，把这个谜语的内涵解释得更清楚了。她说："此元春之谜，才得侥幸，奈寿不长，可悲哉！"什么叫侥幸？就是说她之所以能够获得皇帝的宠爱，不完全是因为她本身的素质，还因为她有某种贡献：一个可能就是她揭发了秦可卿的事；另一个就是"榴花开处照宫闱"，她可能怀孕了。所以她得到了皇帝充分的信任。但是"奈寿不长",她的命太短。高鹗说她活到了四十三岁,不但和曹雪芹前面的描写不相合,和脂砚斋的批语也不合。

贾元春死在谁的手里呢?因为八十回之后的文字我们看不到了,不好做非常具体细致的猜测,但是可以确定,贾元春之死应该是在贾家彻底败落之前。那不应该是最后几回的故事。她的死应该是作为贾家败落的一个前奏。到第七十九回,故事真实的时代背景已经到乾隆三年(1738)的深秋了。宝玉吟出了"池塘一夜秋风冷,吹散芰荷红玉影"的句子。八十回后,应该很快就会写到乾隆四年(1739)的事情。乾隆四年春天,发生了所谓的"弘晳逆案"。弘晳那一派趁乾隆春狩实施谋刺,没有成功,并且也不再是"大不幸之中又大幸",这回是彻底地"大不幸"了。乾隆快刀斩乱麻,果断地处理了此案。对外他尽量不动声色,似乎朝政并没有出现什么大的问题;对弘晳一党则分化瓦解,有的参与者处理得相当轻,弘晳本人也没有被处死,而是被拘禁到景山东果园里严密看管。后来乾隆又销毁了绝大部分有关档案。但这个逆案对乾隆本人的刺激是很深重的。现实生活中的曹家也正是因为被牵连进了弘晳逆案而遭到毁灭性打击。曹家在雍正朝遭打击的情况还可以查到一些档案，乾隆朝的这次彻底陨灭却几乎找不到任何正式档案了。但是我们可以估计贾元春原型的死亡，应该就是由于乾隆四年的这次事件。乾隆没有被刺而死，并且最后平定了叛逆，但是贾元春的原型却没能幸免于难。

八十回后，曹雪芹应该很快就会以这个真实事件为素材，写到贾元春的非正常死亡。死亡的地点很可能就是潢海铁网山。小说在贾元春死后，估计就会写到皇帝对贾家不但再无任何好感，而且深恶痛绝，新账、旧账一起算。本来秦可卿被藏匿一事已经了结，却又在这时候重新追究，因此宁国府的罪就比荣国府更大。当然荣国府帮甄家转移藏匿财物也是罪该万死。皇帝不可能对他们"沐皇恩延世泽"。而宁国府被连根拔掉就彻底应了前面写下的那些预言："造衅开端实在宁""家世消亡首罪宁"。

具体而言，贾元春死于谁手呢？很显然，她的死和小说当中最恨她的"月"派人物有关，尤其是义忠亲王老千岁这个家族的人。在现实生活当中，最恨曹家这个女子的，也应该是弘皙他们这些人。所以，贾元春最后应该是死在他们手里。情节应该是类似《长生殿》里面所写：在逼宫的情况下，皇帝不得不以牺牲她来换取暂时的休战。她成为两派政治力量斗争的牺牲品，非常悲惨。

在前八十回，影影绰绰出现了很多"月"派人物，冯紫英就是其中的一个活鲜鲜的人物。这个人物，曹雪芹对他的刻画比较多，出场后给人印象深刻，性格活跳，暗场出现也有好几次。脂砚斋的相关批语里面还有许多非常有意思的话。第二十六回有一条批语，称倪二、紫英、湘莲、玉菡为"四侠"，又说"写倪二、紫英、湘莲、玉菡侠文者，皆各得传真写照之笔"。"传真写照"既是一个审美性的评价，也是透露各人生活原型的话语。所点出的这"四侠"很有趣，身份、性格完全不同。

倪二排第一,他是什么人呢?市井泼皮无赖,放高利贷的。在《红楼梦》里一大堆贵族当中,忽然出现这么个人物是很跳戏的。这个人物显然不只在借给贾芸银子的时候出现那一次。而且在那段描写里,醉金刚倪二把银子给贾芸后说今晚就不回家去了。你给我家里带个信儿,如果有事要找我,到马贩子王短腿儿那儿去找。我认为这都不是闲文废笔。王短腿儿作为这个政治派别最底层的一个角色,在八十回后也应该是有戏份的。

冯紫英排第二,这个角色就不消说了。他是一个贵族公子,神武将军冯唐的儿子,和贾珍是铁哥们儿,和贾宝玉、薛蟠也好得不得了。

第三个是柳湘莲,这个人又是另一路人物。柳湘莲是破落世家的飘零子弟,多才多艺,还会串戏,文武双全,是一种存在于民间的边缘人物。他既可以和贵族府邸发生关系,也可以和乡间野民混在一起,是一个身份很暧昧的人。

比较令我意外的是脂砚斋把蒋玉菡也列为四侠之一。蒋玉菡原来在忠顺王府,为忠顺王唱戏，后来又自己跑到了北静王府，成为北静王心爱的戏子。他为了不让忠顺王府找到自己，在京东二十里的紫檀堡置了庄院隐居起来。前八十回里，他的形象显得柔媚有余，估计在八十回后，他一定会显露出其性格的另一面，会有比较惊人的侠义行为，否则，脂砚斋不会把他列在"红楼四侠"之中。

脂砚斋列出的"红楼四侠"居然是四个身份如此不同、反差如此之大的人。这意味着什么？我认为这意味着"月"派势力纠集了社会上不同阶层的不同人等，构成了一股不可忽视的力量。这四侠应该是杀死贾元春的那支力量里最活跃的人物。

但是，在现实生活中，"月"派最后没有成功。冯紫英之所以在春天跑到潢海铁网山打围，就是为了勘探地形，进行演练，为行刺乾隆做准备。第二十六回写冯紫英的那段戏，在八十回后一定会有所呼应。

据清史专家考证，乾隆之所以扑灭"弘晳逆案"，确实不仅仅是因为弘晳私设内务府七司，或仅仅从语言上表露出一点野心,而是他已经纠集了一批人,在乾隆离京出行的时候,谋划行刺。

小说里面这样一些影影绰绰的情节,还原为现实生活的话,都是一些惊心动魄的事情。书里面的冯紫英始终感觉有人盯梢,所以他说"大不幸之中又大幸",显然是指在那次预谋行动当中,几乎就要被皇帝查获,但是他们逃脱了。究竟是怎么回事,他没说。他的警惕性高是对的,因为当时旁边还有妓院的云儿。云儿是个妓女,交往的人非常杂,让他不得不谨慎。

如果读得细,还会发现在写到忠顺王府的长史官到荣国府问贾政、贾宝玉索要蒋玉菡的时候,贾宝玉起初要赖,说不知"琪官"二字为何物。那长史官就冷笑道:"现有据证,何必还赖?……既云不知此人,那红汗巾子怎么到了公子腰里?"宝玉听了这话,不觉轰去魂魄,目瞪口呆,于是为了免得那长史官再说出别的事来,就只好交代出蒋玉菡的去向。初读这一段的时候,我朦胧觉得,是因为贾宝玉腰上系着那条血点似的大红汗巾被那长史官看见了，所以长史官指着他的腰那么说。后来一细想、再重读，白天汗巾子是系在大衣服里面的，根本不可能被长史官看见。何况书里交代得很清楚，那天得到那条汗巾子以后，贾宝玉在晚上睡觉的时候就将它换到了袭人腰上。袭人醒来发现后，很不乐意，就把它扔到一个空箱子里去了。这就说明，长史官来之前就掌握了这个情报。可见在冯紫英家饮酒唱曲时，尽管冯紫英那么谨慎，贾宝玉跟蒋玉菡互换信物的事，还是被忠顺王府派的探子探到了。可见，在表面吃喝玩乐的日常生活背后，"月"派和"日"派的权力较量实在是紧张激烈。秦可卿之死、贾元春之死都是这种权力斗争造成的。她们的命运一样悲惨，一样是政治角力的牺牲品，都值得我们叹息。而曹雪芹塑造她们的形象，也正有这样的目的。

根据我的研究，《红楼梦》里秦可卿这一艺术形象的生活原型，是康熙朝被二立二废的太子胤礽的一个女儿。她在胤礽被第二次废掉时落生，其父母或兄长弘晳设法将其偷送出宫，交予曹家抚养，使其得以逃脱与父母等人一起被圈禁的悲惨处境，当然也就不会把她的出生告知宗人府予以登记，对外谎称是小官吏从养生堂抱来的弃婴。《红楼梦》里出现的"坏了事"的义忠亲王老千岁，就是影射废太子胤礽。胤礽被废前，特别是第一次被废前，曾深得康熙喜爱、信任，他和康熙一样，到处题字，赐人墨宝，也写下许多诗。但到他被二废圈禁后，各处的题字都被取缔，所写的诗也不再允许流传。但毕竟百密一疏，他有一首遗留至今的《榴花》诗，颇值得玩味：

榴　花

上林开过浅深丛，榴火初明禁院中。
翡翠藤垂新叶绿，珊瑚笔映好花红。
画屏带雨枝枝重，丹宪蒸砂片片融。
独与化工迎律暖，年年芳候是熏风。

　　根据前面的分析，贾元春的原型是曹家与曹雪芹平辈的一位女性，参与宫廷选秀后先被分配在胤礽那里，也可能伺候胤礽的儿子弘晳；后来胤礽被彻底废掉，内务府对宫女进行二次分配时，她被移派到弘历身边。胤礽这首《榴花》诗的第二句"榴火初明禁院中"，与贾元春判词中的"榴花开处照宫闱"一句，立意用语何其相似，令人遐思。

红楼边角

大观园的帐幔帘子

"大观园试才题对额"的过程中,一贯不屑细问家事的贾政忽然向贾珍、贾琏查问起来:"这些院落房宇……那些帐幔帘子并陈设玩器古董,可也都是一处一处合式配就的?""共有几种,现今得了几种,尚欠几种。"

贾琏见问,忙向靴桶取靴掖内装的一个纸折略节来,看了一看,回道:"汝,蟒,绣,堆,刻丝,弹墨,并各色绸绫大小幔子一百二十架,昨日得了八十架,下欠四十架。帘子二百挂,昨日俱得了。外有猩猩毡帘二百挂,金丝藤红漆竹帘二百挂,墨漆竹帘二百挂，五彩线络盘花帘二百挂……"

这样的细节，调动了读者的想象力。当读者头脑中浮现出大观园的厅堂轩馆时，就不仅有华丽的"硬件"，而且有多彩的"软件"，加以山石花木、溪湖鸟兽的衬托，形成了一个神秘得细琐、缥缈得独特的世界。

"皇恩重元妃省父母"时，有一句总括性描绘："帘卷虾须，毯铺鱼獭。"虽是曹雪芹独创的语言，但意境到底模糊，不如写潇湘馆是"湘帘垂地"。有一回写怡红院正房中有一扇小门，"门上挂着葱绿撒花软帘"。这都是夏天挂的。到冬天，则有"麝月……掀起毡帘一看"的描写。工笔之下，有活泼的画面流动，写帐幔比写帘子次数多。贾宝玉的床上，挂的是"大红销金撒花帐子"；晴雯生病时睡的暖阁则是"大红绣幔"，诊脉时"从幔中单伸出手来"；探春的"卧榻拔步床"则"上悬着葱绿双绣花卉草虫的纱帐"；宝钗床上原来"吊着青纱帐幔"，因贾母嫌太素净，让"再把那水墨字画白绫帐子拿来，把这帐子也换了"。

砖木结构的屋子里,柔软的帐幔不仅把空间划分为不同的功能区域,而且构成一种情调。红学家们最爱引用林黛玉对紫鹃的叮嘱:"把屋子收拾了,撂下一扇纱屉,看那大燕子回来,把帘子放了下来……烧了香,就把炉罩上。"真是生活如诗。帐幔帘子常常成为"诗眼"。读到这类细节,我们不免联想到"帘外雨潺潺,春意阑珊""帘外谁来推绣户?……却又是,风敲竹""帘卷西风,人比黄花瘦"一类诗句,在通感中达到审美愉悦的极致。实际上,曹雪芹笔下的林黛玉也专能从帘子上开掘诗情。《桃花行》前几句便是:"桃花帘外东风软,桃花帘内晨妆懒。帘外桃花帘内人,人与桃花隔不远。东风有意揭帘栊,花欲窥人帘不卷。桃花帘外开仍旧,帘中人比桃花瘦。花解怜人花也愁,隔帘消息风吹透。风透湘帘花满庭,庭前春色倍伤情……"你看,有多少个"帘"字!

帐幔窗帘,似乎西方自古也很通行,但门帘却大可定为中国文化的一种表征。在中国,大门以里的内庭中,往往都是四季以帘代门。《红楼梦》里一写到内院生活，"掀帘子"的动作就比"开门"出现的频率要高。门帘除了实用功能，着实体现着中国文化"隔"与"不隔"界限模糊的"中庸"精髓。从1861年起，紫禁城养心殿中垂在慈禧太后与同治、光绪两位皇帝之间差不多有半个世纪之久的既非帐幔窗帘也非门窗的帘子，在中国历史上起着非同小可的作用，足令人感慨万端。尽管垂帘听政之制非慈禧所创，而且很长一段时间里还另有慈安与她同坐帘后。我想，倘有人专门以此进行学术研究并撰写出一篇《中国的帘子》来，我们当不至讥他为"钻牛角尖"吧。

周汝昌先生：

拙文"红楼边角"之《大观园的帐幔帘子》在《团结报》刊出后，先生特撰《赞〈红楼边角〉》一文加以夸奖，实不敢当！

我不过是一位极普通的《红楼梦》读者，只因为自己也不量力地写些小说，总想从《红楼梦》这部伟大著作中多汲取些营养，所以一读再读,除欲总体把握其精神外,也还考虑到一些边边角角的问题,偶生兴致,也便写下一点小随笔,真没想到能获先生青睐,且为我解除了"钻牛角尖"的顾虑。先生指出芹书是"中华文化内涵至极丰厚"的"奇书伟构",是"文化小说"。极是!拙文虽浅陋不堪,却也是力图展示一个读者那"文化感受的极大喜悦"。先生对"簾"字简化为"帘"字后,对中华固有文化中"帘""簾"二字所表达的不同意境的混合所生的遗憾,我甚共鸣。而"帘"或"簾",或"幔",或"帐"所产生的"隔"与"不隔"的微妙效应,其实可说的话也很多。如《红楼梦》第四十二回中王太医来给贾母看病,"老妈妈请贾母进幔子去坐,贾母道:'我也老了,那里养不出那阿物儿来,还怕他不成!不要放幔子,就这样瞧罢。'"及至王太医来了,"不敢走甬路,只走旁阶……"见了那阵仗、排场、气势、氛围,"便不敢抬头"。写得多么深刻啊!"此时无幔胜有幔。"芹书所写的确实不只是故事，而是文化！

《团结报》还在连载我的"红楼边角"。这是一个总题。头三段已在香港《明报月刊》1991年第4期上刊出过（不过错讹处不少），后面还有数段。在先生及编辑鼓励下，我将再陆续写一些，还恳请先生多多拨冗指教！

最近写成一段谈《红楼梦》中手帕的，最令人难忘的是四块：小红的一块，宝玉赠黛玉后黛玉题诗的两块，以及"憨湘云醉眠芍药裀"时那块包着芍药花瓣当枕头的鲛帕。但第三十五回中"凤姐儿用手巾裹着一把牙箸站在地下"及第四十回中"凤姐手里拿着西洋布手巾，裹着一把乌木三镶银箸"的描写里所写到的"手巾"和"西洋手巾"，究竟是有特殊用途的手帕（如今之餐巾一类）呢，还是"贾母素日吃饭，皆有小丫鬟在旁边，拿着漱盂麈尾巾帕之物"中的"巾帕"（我想当系毛巾，净脸用的）？我想自己动这个脑筋也确乎不是"钻牛角尖"，因为我写小说时也必须向芹翁学习，细节上乃至一个物品的称谓上，都不能马虎。我注意到"浪荡子情遗九龙珮"一回中，芹翁用了（贾琏）"暗将自己带的一个汉玉九龙珮解了下来，拴在手巾上，趁丫鬟回头时，仍撂了过去……"这样的写法，此处他不称"手帕"而称"手绢"，我以为绝非信笔偶然，而是周密炼字的产物（在钗黛袭晴一干人手中出现时都用"帕"字）。

耽误了您许多宝贵时间，真对不起！

再次感谢您对我写作和阅读的鼓励！

谨致

冬安

刘心武
1991年11月20日

刘心武同志：

28日接到由《团结报》韩同志转来的惠函。您如此谦抑客气，使我感动。拙意以为芹书乃是一部千古未有的文化小说，您同意此说，并举例说明：此非"故事"，而是文化。我们在这一点上能够看法一致，我也感到高兴。读《红楼梦》而看见"情节故事"的，大约是无法体认曹雪芹的真意旨、真价值的。这是中华文化史上的一件大事，只是短简中难以尽申鄙见，请您不罪其简率为幸。

中国的帘、帘、帐、幕、帏、幔、屏……各有其用，各有其味。但在西洋，如英文中只有一个screen包总。这是何等的差距？！这确乎是个文化问题。最早期的西方"评红"，有一德国人，说读了《红楼梦》，惊叹中国文化的高度，远非欧洲人所能想象！我评此人，真够得上是一位"有识的老外"，因为很多中国人，却看不到这一要点。

您问的"手帕""手巾""手绢"的问题，我想手帕确如来札所言，是属于钗、黛、晴、袭一辈人所用的，是随身必备之物。芹书中小红之帕、平儿之帕、黛玉之帕……皆关系重大之标记品。手巾则非此类,盥沐、餐饭等特定时际所用之物也。记得好像有满族专家著书说过,手巾是当时旗人用语。也许男子用者为巾,女流带者为帕?如宋词所谓"钿车罗帕",专属女性的词汇也。总之,巾有随身与不随身的两种,俱不称帕。

至于您举第六十四回"九龙珮"那回书文中有"手绢"一名了,此则涉及版本优劣之事。不知您用的是什么本子?古抄本贾琏将玉珮结于"手巾"上掷去,不作"手绢"。"绢"字系后人妄改。您得留心,别上了坏本子的当。请您放心,我这绝不是在"引诱"您走上"红学研究"(被人视为惹厌的麻烦东西)之路,只是提醒您注意真文与伪笔之分。

完全同意您的提法:写小说对细节细物都必须弄清楚准确。这绝不是"末节细故"。只凭笼统的、概念化的知识和语言是写不成东西的。小说作者应向雪芹学习的必须包括他对万事万物的无不精通。他对人、事、物、境的观、感、思、断，都极为细密精深，"无微不至"。他是一位惊人的"万能万知者"，我们难以望其项背，但起码要学人家的那种精气神，小说方能有精彩可观之处。

目坏之人，书写困难，又不能核书，信笔乱道，必多疏误之辞，望您不哂。

匆匆拜复，不尽，并颂文祺！

周汝昌

1991年11月29日

饫甘餍肥

杰出的文学作品,在语言上总具有独创性。《红楼梦》开篇即有"锦衣纨绔之时,饫甘餍肥之日"的句子。"锦衣纨绔"不算什么新词儿,"饫甘餍肥"同后面出现的"凤尾森森,龙吟细细"一样,读来"似曾相识",仿佛从《红楼梦》以前的典籍诗文中拈来,其实却是曹雪芹"生造"的。

有人说《红楼梦》的情节由一系列"吃"构成,恐怕不诬。吃饭、吃酒、吃菜、吃点心、吃螃蟹、吃月饼……一直到吃茄鲞和"割腥啖膻",偶尔也吃素与"净饿",真是一部中国"吃文化"的百科全书。

读到"史太君两宴大观园"时,那关于鸽子蛋、茄鲞的描写并没有引出多少口涎,倒是关于餐后点心的一段文字,不仅引出缕缕唾液,且勾出一腔愤懑。丫鬟端来两个小捧盒。每个盒内两样点心:一盒内是一样藕粉桂花糖糕,一样松穰鹅油卷;另一盒是一寸来大的小饺儿。贾母因问什么馅儿,婆子们忙回是螃蟹的。贾母听了,皱眉说:"这会子油腻腻的,谁吃这个!"又看那一样是奶油炸的各色小面果子,也不喜欢。最后,贾母拣了个卷子,只尝了一尝,剩的半个,递给丫鬟了。不过,以贾母在贾府中那宝塔尖的地位,时时总处在"油腻腻"的状态,任什么精美食馔都皱眉撇嘴斥之曰"谁吃这个",倒也顺理成章。谁知写到后面,那解散梨香院戏班子后到怡红院当三等丫鬟的芳官,面对着大观园厨房总头柳家的遣人送来的一个盒子(里面是一碗虾丸鸡皮汤,又是一碗酒酿清蒸鸭子,一碟腌的胭脂鹅脯,还有一碟四个奶油松瓤卷酥,并一大碗热腾腾、碧莹莹绿畦香稻粳米饭)竟也是这样的口吻："油腻腻的，谁吃这些东西！"

饫甘餍肥，暴殄天物，到头来是"寒冬噎酸齑，雪夜围破毡"。在曹雪芹的总体设计中，"吃"的种种细节也是"草蛇灰线，伏脉千里"，有很深的用意。这里且不细论。有趣的是曹雪芹也写出了人类的通病，即饫甘餍肥之后，所向往的，倒是一种淡的口味。宝玉大病之后，贾母让他随意点菜。他想了半天，也不过是一种"小荷叶儿小莲蓬儿的汤"，即"莲叶羹"。司棋派莲花儿去骚扰厨房，向柳家的索取的也无非是一碗炖嫩的鸡蛋。柳家的抱怨说："吃腻了膈，天天又闹起故事来了。鸡蛋、豆腐，又是什么面筋、酱萝卜炸儿，敢自倒换口味！"莲花儿则揭发她，说怡红院的春燕来传晴雯的话，要吃芦蒿。柳家的忙着问肉炒鸡炒？春燕则宣谕："荤的因不好才另叫你炒个面筋的，少搁油才好。"而据柳家的说，探春和宝钗曾"偶然商议了要吃个油盐炒枸杞芽儿来"，拿来过五百钱……

从肉要瘦肉、油要素油，发展到忌荤嗜素，

油要少放、菜要保绿、味要清淡，最后发展到不求精美但必须新鲜，辞却一切"可疑"的山珍海味，只认可平常所熟悉的果蔬菜肴，讲究的是营养热量，警惕的是致癌物质。持这种饮食观并身体力行的中国人，目前也开始多起来了，不知他们再读到《红楼梦》里的种种吃食和吃相时，会有怎样新颖的感受。

傻大姐的哭和笑

不在大观园中当差的下人,是不许擅自跑进去逛的。柳家的女儿柳五儿,尽管母亲已当上大观园厨房的总头,也只能偷偷地在那边犄角子一带地方逛,印象是"没什么意思,不过见些大石头大树和房子后墙",后来她带着茯苓霜"趁黄昏人稀之时,自己花遮柳隐的来找芳官",结果"正走蓼溆一带,忽见迎头林之孝家的带着几个婆子走来",终致被当作盗贼囚禁。要不是"判冤决狱平儿行权",不仅她自己的下场是"打四十板子,立刻交给庄子上,或卖或配人",她母亲柳氏也要"打四十板子,撵出去,永不许进二门"。但贾母房内的小丫鬟,名唤傻大姐的,却是个例外。她"年方十四五岁","生得体肥面阔,两只大脚,作粗活简捷爽利,且心性愚顽,一无知识","出言可以发笑","纵有失礼之处,见贾母喜欢他,众人也就不去苛责",无事时,"便入园内来玩耍"。

"惑奸谗抄检大观园",许多人认为是贾府中封建礼教的维护者同敢于超越礼教的丫鬟们之间矛盾的一次无可避免的总爆发。其实偶然成分居多,而傻大姐"误拾绣春囊"则是导火线。傻大姐拾到那"一面却是两个人赤条条的盘踞相抱,一面是几个字"的绣春囊,"笑嘻嘻"的,遇上邢夫人,便笑道:"太太真个说的巧,真个是狗不识呢。太太请瞧一瞧。"邢夫人因作为荣国府一支的长房媳妇而不能入主府务,早对王夫人及其侄女儿王熙凤的僭越恨之入骨,所以傻大姐笑嘻嘻地送给她一个绣春囊,便成为她打击王夫人一派"得来全不费工夫"的武器。大观园、丫鬟们的悲剧其实是邢夫人和王夫人上层争权夺利的派生物。清末时评家就有过"傻大姐一笑死晴雯,一哭死黛玉"的说法,是可以成立的。

傻大姐"一笑死晴雯",出自曹雪芹亲笔;"一哭死黛玉",则是高鹗的续笔。高鹗续后四十回,诚然有"博庭欢宝玉赞孤儿""评女传巧姐慕贤良"一类大败笔,但"泄机关颦儿迷本性""林黛玉焚稿断痴情"等篇章却笔力不让曹公,包括黛玉遇到傻大姐,傻大姐流泪道:"我就说错了一句话,我姐姐也不犯就打我呀。""就是为我们宝二爷娶宝姑娘的事情!"黛玉听了这句话,"如同一个疾雷,心头乱跳"。"心里竟是油儿、酱儿、糖儿、醋儿倒在一处时一般,甜、苦、酸、咸,竟说不上什么味儿来了"。"移身要回潇湘馆去,那身子竟有千百斤重的,两只脚却象踩着棉花一般,早已软了"。这些细节都堪称自然而巧妙,准确而深刻。

刘姥姥那"老刘,老刘,食量大似牛,吃一个老母猪不抬头",说完,却鼓着腮帮子,两眼直视,一声不语,是"装傻";晴雯、芳官等被逐斥后,袭人那"我们这粗粗笨笨的"等"谦词",则是"诈傻";傻大姐的一笑和一哭,是货真价实的"呆傻"。"装傻"者能以噱头获得彩声,虽无聊倒也无害;"诈傻"者惯以"粗粗笨笨"掩盖其蛇蝎心肠,最能引人上当;傻大姐式的"呆傻",往往成为"天机"的泄露孔,在一笑一哭之间坏掉别人性命,而她自己竟是浑然不觉,也绝不受牵连。

傻人有傻福,信然!

负有使命的帕子

《红楼梦》中至少有四条手帕令人难忘。

一条是上了回目的"痴女儿遗帕惹相思"。那是一块罗帕,成为小红和贾芸爱情的纽带。可惜高鹗续书把小红写丢了,又将贾芸糟践得不像人样。那块按曹翁设计或许尚能在后几十回中再现的罗帕,竟不知所终,令人怅怅。

另有两条手帕是同时出场的。宝玉因"不肖种种大承笞挞"后,养伤中因心下记挂着黛玉,满心里要打发人去,只是怕袭人,后悄悄打发晴雯去黛玉处。晴雯道:"白眉赤眼,做什么去呢?"宝玉想了一想，便伸手拿了两条手帕子摺与晴雯。晴雯到了潇湘馆，"只见春纤正在栏杆上晾手帕子"（可见黛玉为"还泪"多的正是此物）。初得宝玉的家常旧帕，黛玉不禁"闷住"，但"体贴出手帕的意思来"后，便"不觉神魂驰荡"了，于是便有了令两百多年来无数读者为之唏嘘的三首题帕诗。

这一细节无论是在舞台上还是电视、电影中的《红楼梦》，都绝不舍弃，且精心处理为感人至深的一幕。"尺幅鲛鮹劳解赠，叫人焉得不伤悲！"两块鲛鮹帕担负着宝、黛二人超越封建礼教、表达高尚恋情的非同小可的使命。它们的结局在曹翁构思中是否如高鹗所续的那样在"焚稿断痴情"时被一并烧掉，也是一桩疑案。

以手帕传情，这是自古以来痴男怨女间无师自通的手段。在戏曲舞台上，旦角专有一种"帕子功"，要求用一块手帕舞耍摆弄出几十种花样，以表达角色内心复杂微妙的情感变化。还有一出至今仍时常演出的喜剧，名叫《香罗帕》。但在《红楼梦》之前，以"家常旧帕"体现出构建在新型人格之上的深挚情爱，那是没有的。

另一块帕子出现在"憨湘云醉眠芍药裀"。湘云卧于山石僻处一个石凳子上，业经香梦沉酣，四面芍药花飞了一身，满头脸衣襟上皆是红香散乱，手中的扇子在地下，也半被落花埋了，一群蜂蝶闹嚷嚷地围着她，又用鲛帕包了一包芍药花瓣枕着。试问，倘曹翁将湘云醉眠的画面止于蜂蝶围裹，而没有鲛帕包花为枕的一笔，该多遗憾！这块包着芍药花瓣的鲛帕，将湘云醉眠的诗境画意推于美的极致，所以特在回目中标出"芍药裀"字样，真令人阅后三生难忘！

帕子亦如帐幔帘子一样，是《红楼梦》中时时可见的物事。袭人每晚取下宝玉的通灵宝玉，总"用自己的手帕包好，塞在褥下"；袭人在自己家中接待偷偷来访的宝玉，则"拈了几个松子穰，吹去细皮，用手帕托着送与宝玉"；"意绵绵静日玉生香"时，黛玉用自己的帕子替宝玉揩去脸上的胭脂渍，又倒在床上，"用手帕子盖上脸"；"薛宝钗羞笼红麝串"时，"只见林黛玉蹬着门槛子，嘴里咬着手帕子笑呢……口里说着，将手里的帕子一甩，向宝玉脸上甩来。宝玉不防，正打在眼上……"黛玉的手帕也实在是多，同宝玉闹气后，将喝过的香薷饮解暑汤全吐了出来。"紫鹃忙上来用手帕子接住"。而宝玉来赔不是时，"一面回身将枕边搭的一方绡帕子拿起来，向宝玉怀里一摔，一语不发，仍掩面自泣"。湘云用帕子总带着憨气，除上述醉卧中外，还写到她"说着，拿出手帕子来，挽着一个疙瘩……打开……果然就是上次送来的那绛纹戒指"。这真是人和帕子都娇憨可爱！

但正如周汝昌先生写到"帘"字而想到"簾"字一样，我写至此也不禁谨慎起来。曹翁在第三十五回中写到"凤姐儿用手巾裹着一把牙箸站在地下"，在四十回中又写到"凤姐手里拿着西洋布手巾，裹着一把乌木三镶银箸"。那"手巾"，特别是"西洋手巾"，究竟是一种专用的手帕（例如今之餐巾），还是"贾母素日吃饭，皆有小丫鬟在旁边，拿着漱盂、麈尾、巾帕之物"中的"巾帕"（匀脸用的手巾）呢？还望方家有以教我。

"严老爷来拜"

一部长篇小说的细节，倘仅起到点明环境、烘染氛围的作用，不能算是高明；倘有推动情节自然流动的作用，自属巧妙，却也只算是技巧纯熟而已。最难得的是"一石三鸟"。除了上述的作用，还透过人物及其行为写出一种厚积的文化，如"几千斤重的一个橄榄"，耐人寻味。

初读《红楼梦》开篇，写甄士隐初次与贾雨村结识，携手来至书房，有小童献茶。方谈得三五句话，忽家人飞报："严老爷来拜。"于是甄士隐慌忙起身谢罪，让贾雨村"略坐"，申明"弟即来陪"，便赶往前厅迎见严老爷去了。谁知一去便难再返。贾雨村后来打听到前面留饭，不可久待，遂从夹道中自便出门去了。这一"严老爷来拜"的细节，令人觉得相当突兀，其作用似乎也只是为了嵌进一段丫鬟娇杏对贾雨村"偶然一顾"，竟因此从"风尘知己"成为"正室夫人"的"奇缘"。脂砚斋对这一细节有其独到的解释。他（或她）指出"严"是"炎"的谐音，"炎既来，火将至矣"。因此"家人"的"飞报"、甄士隐的"慌"与"忙"，以及身不由己的难于回归，都成为人物命运的一种暗示。"严老爷"是一个燃烧着的残酷符号。"好防佳节元宵后，便是烟消火灭时"，能令读者掩卷后越想越感遍体清凉。

不过后来我再读这一段文字时，便感到在平缓的叙述过程中，突然以"忽家人飞报：'严老爷来拜。'"这一细节改变节奏，颇似云断高岭，顿时增加了呈现于读者意想中的生活的厚度与深度。如果仅仅是为了讲故事，那贾雨村和娇杏的"奇缘"，不仅不一定非得如此叙述，而且这样叙述似乎反显得有点生硬强拗。

曹雪芹看来确有他更深层的用意,他告诉我们甄士隐是一外"乡宦","虽不甚富贵,然本地便也推他为望族了","禀性恬淡,不以功名为念,每日只以观花修竹、酌酒吟诗为乐,倒是神仙一流人品"。这一类人物在《红楼梦》以前的小说中,如"三言""二拍"里,本是出现过的,但以往的小说写这类角色,隐就隐到底,理想化到扁平的地步,叙述时也就不会有什么"变调"之笔。曹雪芹却偏有"严老爷来拜"的乱节奏、改气氛的超常一笔。这就点透了那样的人文环境中,即使恬淡如甄士隐者流,只要还定位于"乡宦",就必得无可奈何地被所编结进的社会网牵动、扯拽,又哪里真能成为"神仙"!后来甄士隐大彻大悟,随疯跛道人而去,除了惨遭回禄、丢失爱女、寄人篱下、贫病交加等因素,为从"严老爷来拜"的社会网络中彻底逸出,很可能是一个极为重要的潜存心理动机。

这样联想下去,"严老爷来拜"这一初读颇感突兀古怪的细节安排,便愈觉得意味无穷,非大手笔不能了。

晴雯说没说过这两句话?

当今许多论及晴雯的文章,都免不了要引用"惑奸谗抄检大观园"这一回中的对话:晴雯挽着头发闯进来,"豁"一声,将箱子掀开,两手捉着底子,往地下一倒,将所有之物尽都倒出来。王善保家的也觉没趣儿,便紫涨了脸,说道:"姑娘,你别生气。我们并非私自就来的,原是奉太太的命来搜查……那用急的这个样子!"晴雯听了这话,越发火上浇油,便指着她的脸说道:"你说你是太太打发来的,我还是老太太打发来的呢!太太那边的人我也都见过,就只没看见你这么个有头有脸大管事的奶奶！"……

晴雯那两句话，尖刻凌厉，凸现着她的反叛性格，实在精彩。但在曹雪芹笔下，晴雯究竟说没说过这两句话呢？1982年人民文学出版社出版的中国艺术研究院红楼梦研究所标注的权威性汇校本，是没有这两句话的。该本所依据的底本《脂砚斋重评石头记（庚辰秋月定本）》上固然没有，其余如"甲戌本""乙卯本""甲辰本"等接近曹雪芹原稿的九种版本上也都没有。这两句话及前后的若干文字，都是高鹗伙同程伟元在1791年、1792年两次排成活字通行本时加添上去的。

高鹗的续书以及他与程伟元在将《红楼梦》排成活字本过程中对原作文字的删添改篡，一再受到历代红学家的普遍诟病；有的更痛心疾首地斥之为"狗尾续貂"，甚至抨击他们"丧心病狂"。按有些红学家的意见，1791年"程甲本"和1792年"程乙本"的版本简直看不得，要读《红楼梦》，还是要读未受高、程诸人"荼毒"的曹氏原本才行。

但我总觉得高、程在这一场面中加添的文字，合情合理，有神有韵，首尾相顾，一石三鸟，对曹公原文不仅绝无佛头着粪之嫌，而且很有锦上添花之功。试想，如依"庚辰本"，晴雯"豁一声将箱子掀开，两手捉着底子，朝天往地下尽情一倒"之后，神气活现的王善保家的竟然一声不吭，只是觉得"没趣"而已，竟是一个哑场的局面，岂不是有雷无雨？高、程为之添上了王善保家的对晴雯大话压人的指斥，再随之加上晴雯那两句从逻辑上"以子之矛，攻子之盾"的如刀言语，并又再添写出"凤姐见晴雯那说话锋利尖酸，心中甚喜，却碍着邢夫人的脸，忙喝住晴雯"这一细节，既深化了晴雯那"心比天高，身为下贱，风流灵巧招人怨"的悲剧性格，又揭示了王善保家的"狗仗人势"的卑微心理，并活现了凤姐在"抄检大观园"行动中的复杂心理状态。这样的添加，难道也是"狗尾续貂"吗？

不过高、程从来没承认过他们有续书和随意添改原文的行径，他们说是从藏书家、故纸堆乃至打鼓收破烂的人手里凑齐全书的，因"漶漫不可收拾",才"细加厘剔、截长补短,抄成全部,复为镌版,以公同好"。因此,我们又怎能断定,高、程没有掌握一个也是相当接近曹公原文的抄本,而那抄本我们今人未曾见过,在那抄本上偏有晴雯那两句掷地铮淙的话语呢?

有眼不识白犀麈

在我写给周汝昌先生关于"红楼边角"的通信中,引用了《红楼梦》第四十回中的描写:"贾母素日吃饭,皆有小丫鬟在旁边,拿着漱盂麈尾巾帕之物。"书写时我信手将麈尾写作了"尘尾"。后周汝昌先生指出了这一点,他客气地称之为"笔误",其实是我无知造成的错误。"麈"字(上"鹿"下"主")读zhǔ,意为鹿一类的动物。尾毛可能较为丰满,可制为轰赶蚊蝇的帚子。"麈"字目前尚不能简化。现在的"尘"字是"塵"字(上"鹿"下"土")的简化。我把"麈尾"写成"尘尾",是因为错把"麈"看为"尘"了。我知道有用马尾制成的拂尘,以为"麈尾"便是"尘尾",亦即一种拂尘。

雪芹写《红楼梦》,确实字字皆辛苦,尤其对看似仅为过场陪衬的器物描摹,都极为精到。第十七回到第十八回的重头戏"荣国府归省庆元宵",写到归省的仪仗:"一对对龙旌凤翣,雉羽夔头,又有销金提炉焚着御香;然后一把曲柄七凤黄金伞过来,便是冠袍带履。又有值事太监捧着香珠、绣帕、漱盂、拂尘等类。"当时因值冬日,不至于有蚊蝇螳螂,所以值事太监所捧是拂尘而非麈尾。但那二者的形态,我想应是比较接近的。贾母的排场有时甚至超过了皇家,第四十回所写"史太君两宴大观园",已时届金秋。"李纨侵晨先起,看着老婆子丫头们扫那些落叶。"蚊蝇该都已敛迹,但贾母吃饭,仍有小丫鬟在旁拿着麈尾。第四十二回贾母欠安,贾珍、贾琏、贾蓉三人将王太医领来。王太医"只见贾母穿着青皱绸一斗珠的羊皮褂子,端坐在榻上,两边四个未留头的小丫鬟都拿着蝇帚、漱盂等物……"身穿羊皮褂子而仍有蝇帚在侧，那蝇帚的象征意义当然大大超出了实用意义。蝇帚成为象征尊贵、优雅生活方式的符号。贾母以下的主子似不至于摆谱达于这样一种程度。第五十五回写探春理家，在赵姨娘跑去"辱亲女愚妾争闲气"，探春哭过一场之后，"便有三四个小丫鬟捧了沐盆、巾帕、靶镜等物来"。后面补充了那"等"字所含的内容，系"脂粉之饰"，显然并无麈尾。当时正值隆冬固然是个原因，探春的排场不至于逾矩也是一个原因吧。

秦显家的好相貌

肖像描写是小说塑造人物必不可少的手段吗?未必。

即如《红楼梦》,曹公不消说是肖像描写的大手笔,但也因角色而异。如写黛玉进贾府,他从黛玉眼中看出:"不一时,只见三个奶嬷嬷并五六个丫鬟,簇拥着三个姊妹来了。第一个肌肤微丰,合中身材,腮凝新荔,鼻腻鹅脂,温柔沉默,观之可亲。第二个削肩细腰,长挑身材,鸭蛋脸面,俊眼修眉,顾盼神飞,文彩精华,见之忘俗。第三个身量未足,形容尚小。"这迎春、探春的肖像描写相当精致了,但对惜春却悭笔吝墨,根本没给她"照"一个"相",后来也再无肖像上的补笔。但通读八十回之后,我们对惜春的印象应当说相当鲜明。那形象的塑造不靠肖像描写,而全凭性格刻画凸现于我们眼前,其丰满度与迎、探等艺术形象实不分伯仲。

我曾撰有《话说赵姨娘》一文,论及曹公对赵姨娘的相貌亦无一字着墨,而全用其粗鄙的语言做派来完成该角色的塑造,竟构成一大文学典型。该文在《读书》杂志揭载后曾有人致函编辑部,与我探讨赵姨娘相貌的妍媸。他推测为秀色足可餐,与我之分析贾政仅看中其"下体可采"颇为轩轾。这一探讨不能不引出我们一大疑惑:曹公为何对有些角色的相貌大肆皴染,而又为何对有些实际上相当重要的角色的相貌不屑勾勒一笔呢?

《红楼梦》里有个秦显家的。此人仅在第六十一回末尾和第六十二回开头一现。然而,不仅性格凸现,构成典型,而且相貌也令人难忘。读后一闭眼,总觉恍然就在眼前。在大观园内外几个利益集团的激荡冲突之中,秦显家的一派借"茉莉粉替去蔷薇硝,玫瑰露引来茯苓霜"构成的冤案,弄倒了厨房头目柳家的,推出秦显家的来取代。平儿听说后问道:"秦显的女人是谁?我不大相熟。"林之孝家的便回道:"他是园里南角子上夜的,白日里没什么事,所以姑娘不大相识。高高的孤拐,大大的眼睛,最干净爽利的。"又经玉钏儿说清"他是跟二姑娘的司棋的婶娘",平儿方才恍然。

秦显家的那"高高的孤拐,大大的眼睛"的相貌,是曹公借林之孝家的口勾勒出来的。"孤拐"即颧骨。不知怎么的,简单的几个字,把高颧骨大眼睛那么一点,秦显家的形象就顿时浮现了出来。乱中夺权,常常是把"名不见经传"的昏庸角色硬推到关键的交椅上,结果往往会立现颠顶而徒成累赘,令下台一派哑然失笑,也令上台一派摇头叹气。而局势又往往不容再轻易"换马",构成一种滑稽尴尬的社会景观。秦显家的上马便大有杀伐,飞快地实行着"四部曲":一、接收物资,查前任亏空;二、调拨物资,给后台送礼;三、联络要害部门,打点送账房的礼;四、收买人心,预备几样菜蔬请几位同事的人,说:"我来了,全仗列位扶持。自今以后都是一家人了。我有照顾不到的,好歹大家照顾些。"看来秦显家的尽管连令平儿知晓的名气也无,原是"园里南角子上夜的"不入流的小角色,一旦借风握权,倒也颇有些大将风范。倘没有平儿说动凤姐儿实行"大事化为小事,小事化为没事,方是兴旺之家"的政纲,平了冤狱,让柳家的复出,那秦显家的厨房新政,恐怕也未必就不能改善大观园的伙食质量与供应方式。但谁知大观园的政局竟也白云苍狗。秦显家的"只兴头上半天","正乱着",便忽有人来说与她:"看过这早饭就出去罢。柳嫂儿原无事,如今还交与他管了。"秦显家的听了,"轰去魂魄,垂头丧气,登时掩旗息鼓,卷包而出。送人之物白丢了许多,自己倒要折变了赔补亏空"。她的直接后台司棋虽"气了个倒仰",但也"无计挽回,只得罢了"。

读毕这一情节,我掩卷后总忍俊不禁。在我想象中,秦显家的两个孤拐一定是红红的,而她那一对大眼睛一定是潮潮的。

效忠信范本

效忠信是一种特殊的文体,不是每个人都能把这种文体驾驭好。

而曹雪芹在《红楼梦》第三十七回中,却一连代拟了两封书简,一文一野,一精一粗,一雅一俗,一清一鄙,一令人欣悦、一令人发噱,反差强烈,相映成趣。这里且不说代探春所拟的"诗歌派对"柬,倒要议一议代贾芸"捉刀"的效忠信,因为就《红楼梦》的"母文体"而言,探春的小柬大体还在其风范之内,只不过全用文言而已,难的是贾芸的"跪书",需另辟一格,才能活现出一个市井小人的卑琐灵魂。

贾芸致贾宝玉的效忠信共一百三十二字，虽短小而实在，体现了少用字多获益的拍马才能，且说明他深谙被效忠的人绝无耐心细读一封臭长的效忠信函，哪怕你金粉银笺，喷透香水。

贾芸的效忠信，堪称古今中外效忠信的最佳范本之一。欲写效忠信者，无妨奉为圭臬，努力效尤。

既欲投靠效忠，就一定要彻底地无耻。任何一点残存的耻感都妨碍下笔时的明快。贾芸效忠信的第一特点，也是最大、最有效益的特点，便是毫不绕弯子、毫不吝面子、毫不挂幌子、直截了当地阿谀奉承和自我作践。曹公在第二十四回写到贾宝玉偶然遇见了贾芸，并不认识，也并不上心。当时贾芸年纪已有十八岁，分明是一青年；宝玉才十四岁左右，尚处在少年向青年过渡的转换期中。当时宝玉在敷衍中随便说了一句"你……倒像我的儿子"，贾芸便伶俐乖觉地立即接过话茬说："俗话说的'摇车里的爷爷，拄拐的孙孙'，虽然岁数大，山高高不过太阳……如若宝叔不嫌侄儿蠢笨，认作儿子,就是我的造化了。"及至第三十七回给贾宝玉递上效忠信,他劈头便直书:"不肖男芸恭请父亲大人万福金安。"贾宝玉绝非圣贤,具有一般人都不能摆脱的人性弱点,即使是最肉麻的直接吹捧,或许并不以为意,或许浅浅一笑,或许微有不快,或许不以为然,却绝对不至于愠怒,不至于坚拒。倘用酸溜溜、绕弯子的长句式来改写那句话,倒反而有可能立即给碰个钉子。

贾芸效忠信的第二个诀窍,就是一定要在行文中体现出自己对所效忠的对象是如何的无足轻重和无可作为,所以有"男思自蒙天恩,认于膝下,日夜思一孝顺,竟无可孝顺之处"。倘用相反的写法,使被效忠者感到似乎自己多么在乎效忠者的效忠,就很冒险,很可能使被效忠者产生出因不屑生出的不快,从而有根本弃之不往下再读的可能。

既效忠投靠,说穿了便不能只是一纸空文,而必须有实际奉献;奉献之物必须精心选择,一定要正中下怀才好。贾芸因为原先已有向王熙凤呈进麝香冰片而被收纳的经验,所以当然也事先把贾宝玉的爱好需求琢磨了个透，因此效忠信继上述文句后便立即落到实处："前因买办花草，上托大人金福……并认得许多名园。因忽见有白海棠一种，不可多得。故变尽方法，只弄得两盆。""忽见"二字很见功力，"变尽方法，只弄得两盆"两句中意味无穷。不能让被效忠者感到自己过分地处心积虑，亦必得让被效忠者感到自己的奉献难能可贵，其尺寸量得分毫不差，使被效忠者既无受贿感亦无受骗感，欣然容纳。

贾芸效忠信更妙之处是精细入微地体察到了贾宝玉的容纳心理。他在第二十六回中厚着脸皮去见贾宝玉。贾宝玉实际上是耐着性子敷衍搪塞了他一番，只"和他说些没要紧的散话"，当着他面便"有些懒懒的了"，因此他深知即使有白海棠之献，人家眼中心中又何尝能真把他当回事儿？于是下面两句便写道："大人若视男是亲男一般，便留下赏玩。因天气暑热，恐园中姑娘们不便，故不敢面见……""视男是亲男一般"，这话从语法上看似乎狗屁不通，却并不一定是贾芸不谙文法所致，倒更像是故意要退一步,让贾宝玉知道他并不企望真成为被效忠者心目中值得赋予感情的东西,且表示出他深知宝玉所爱惜的是"园中姑娘们",毫不敢分其一分一厘的爱心。他想表达的,只不过是一个卑微的效忠者,企盼在"不时之需",能得到被效忠者的一点恩赐或救助罢了。他是在为自己"放长线,钓大鱼"。

贾芸这个人物,从前八十回看,已颇立体,他有擅钻营、擅拍马、能应付、工心计的一面,也有良知不时闪烁的一面。这封效忠信固然是其灵魂卑琐的见证,却也不能视为其灵魂的整体。这一人物,在嗣后的情节进展中,显然性格还有发展,灵魂棱面的转动变化还大有文章。曹公的原稿可惜已无从得见,被高鹗极粗率地在续书中写成了一个平面化的恶人。从"脂批"中我们依稀可知,到贾府倾败,宝玉等锒铛入狱后,已同红玉结婚的贾芸还曾去探监,只是不知那时他们可曾来得及忆起这封效忠信和两盆白海棠的悠悠往事?

蹬门槛

形容一部小说文字描写得好,我们常赞曰:"如画。"在人物刻画中,肖像勾勒固然要紧,而身姿动作的描绘,尤为关键,也尤见功力。

《红楼梦》所写是大宅院里的事。大宅院里房屋多,门也多,因而人物与门的关系,便势必出现于纸上。例子极多。如第二十三回写迁入大观园之前,宝玉正和贾母盘算要这个、弄那个,忽见丫鬟来说:"老爷叫宝玉。"宝玉听了,好似打了个焦雷,登时扫去兴头,脸上转了颜色,便拉着贾母扭得好似扭股儿糖,死不敢去。后来只得前去,一步挪不了三寸，总算蹭到。结果是有惊无险，待出得接见场所，一溜烟回到自己住处。写到这里，则有"刚至穿堂门前，只见袭人倚门立在那里，一见宝玉平安回来，堆下笑来问道……"的描写。袭人的倚门而立，便如一幅画儿，能引出读者许多的意绪联想。到第六十回，怡红院中的芳官跑到厨房里去，描写文字则是："正说着，忽见芳官走来，扒着院门，笑向厨房中柳家媳妇说道……"芳官扒门，与袭人倚门全然异趣，活绘出另一种年龄性格的做派，跃然纸上。同回末尾和下一回开头，写柳家的从亲戚家回来，刚到了甬门前，遇上梳着"杩子盖"发型的小厮。两人有一来一去大段的对话，我以为是《红楼梦》全书中交接得最生动也最富独立意义的一段文字。柳家的与看门小厮的一番口舌，便发生在甬门内外。那小厮开头是一直"且不开门，且拉着笑说"。"拉着"即拉着两扇门，后柳家的听门内有老婆子向外叫她，才推开那甬门走了进去。

《红楼梦》中对王熙凤不仅不吝大段的肖像描

写，也时时描绘她的身姿做派。仅蹲门槛，就至少写过两回。第二十八回写贾宝玉急匆匆要去看林黛玉，"可巧走到凤姐儿院门前，只见凤姐蹲着门槛拿耳挖子剔牙，看着十来个小厮们挪花盆呢"。后来便要他进去帮着写一张清单。那凤姐儿蹲门槛剔牙的形象，活是一幅贵妇监工图，令人过目难忘。到第三十六回，因为王夫人查问了赵姨娘抱怨"短了一吊钱"的月银事，凤姐儿当面算是心平气和地给予了详细解释，但转身出来后，刚至廊檐上，只见有几个执事的媳妇正等她回事呢。见她出来，都笑道："奶奶今儿回什么事，这半天？可是要热着了。"下面的描写是："凤姐把袖子挽了几挽，跐着那角门的门槛子，笑道：'这里过门风倒凉快，吹一吹再走。'又告诉众人道：'你们说我回了这半日的话，太太把二百年头里的事都想起来问我，难道我不说罢？'又冷笑道：'我从今以后倒要干几样克毒事了。抱怨给太太听，我也不怕。糊涂油蒙了心，烂了舌头……'一面骂，一面方走了。"第二十八回中，凤姐蹲门槛，是饱食后的闲适身姿，而闲适中又不失当家人的气派。这三十六回中凤姐以脚抵门槛，曹公不再用"蹬"字而用了"趾"字。"趾"固然也有"蹬"的含意，然而更强调了身体重心的平衡与那一脚蹬定之间的关系，配之以挽袖子的描写，则活现出凤姐儿非同一般贵族妇女的泼辣强悍与杀伐威风。她趾定门槛后先笑说几句，再不笑地说几句，再冷笑地说几句，最后一面骂一面自去。想必那些执事媳妇，个个都不禁心惊胆战。而读者对凤姐的认识，也更立体、更深入。这不是"如画"，而是"如影视"了。栩栩如生，宛在眼前。

凤姐儿作为已出阁并在府中当家的泼辣货，蹬门槛的身姿虽生动而并不令人惊奇。曹公也写到林黛玉蹬门槛，那是在第二十八回末尾。宝玉见"薛宝钗羞笼红麝串"，不觉就呆了，问薛宝钗要那红麝串看。宝钗见他发怔，自己倒不好意思起来，丢下串子，回身才要走，"只见林黛玉蹬着门槛子，嘴里咬着手帕子笑呢"。这一笔描写颇出人意料，但细想起来，确是极精微地传达出了林黛玉复杂的内心活动。她那蹬门槛子的身姿就她个人而言颇为反常。她以"嘴里咬着手帕子笑"来掩饰内心的痛苦与惶恐,但终因脚下不自觉的一个动作泄露了"天机"。

仔细灯穗子招下灰来迷了眼

二百多年前的钟鸣鼎食之家，翰墨诗书之族，具体的情景究竟如何？

读《红楼梦》，常常注意到这一类的描写：黛玉进贾府，去拜见王夫人，进入那"正经正内室"的"荣禧堂"，只见"大紫檀雕螭案上，设着三尺来高青绿古铜鼎，悬着待漏随朝墨龙大画，一边是金蜼彝，一边是玻璃盒。地下两溜十六张楠木交椅，又有一副对联，乃乌木联牌，镶着鏨银的字迹……"试问倘非亲历亲见，如何写得出来？这倒也罢了，又接续着写道："原来王夫人时常居坐宴息,亦不在这正室,只在这正室东边的三间耳房内。"豪门贵族生活,自有其特定的习俗。黛玉进到东耳房后,又见"临窗大炕上铺着猩红洋罽,正面设着大红金钱蟒靠背,石青金钱蟒引枕,秋香色金钱大条褥。两边设一对梅花式洋漆小几。左边几上文王鼎匕箸香盒;右边几上汝窑美人觚,觚内插着时鲜花卉,并茗碗痰盒等物。地下面西一溜四张椅上,都搭着银红撒花椅搭,底下四副脚踏。椅之两边,也有一对高几,几上茗碗瓶花俱备……"这就更把读者引入了一种"全息摄影"般的文化境界中。

更令读者惊叹的是,曹公对一代豪门的生活方式和环境氛围的描绘,精微入髓到了如此程度。他写王夫人并不在耳房内接见黛玉,而是由丫鬟又把黛玉引到了东廊三间小正房内。那是王夫人更经常使用的起居室。该处景象又如何呢?也一味地金碧辉煌、色色如新吗?不。曹公写道:"正房炕上横设一张炕桌,桌上磊着书籍茶具,靠东壁面西设着半旧的青缎靠背引枕。王夫人却坐在西边下首,亦是半旧的青缎靠背坐褥。见黛玉来了,便往东让。

黛玉心中料定这是贾政之位,因见挨炕一溜三张椅子上,也搭着半旧的弹墨椅袱,黛玉便向椅上坐了……"连用了三个"半旧",在读者心目中不仅没有降低贾府那"贾不假,白玉为堂金作马"的赫赫威势,反而更令读者感受到一种与暴发户迥异的百年簪缨大族的"真富贵,自风流"的坦然景象。不是大手笔,焉能以三个"半旧"透露出如海侯门中深邃厚密的内在肌理?

时下的一些电视、电影一展现古今的富贵人家,便往往一味地炫其厅堂布置、摆设衣饰的崭新,不少小说在写到豪门景象时也总是堆砌着鲜丽的藻饰而讳用"旧"字。这都是因为没有真正经历也没有仔细考察过大富大贵的世家生活,错把暴发户的排场、脾性栽到他们身上去了。

曹公写《红楼梦》确实是把勾绘贵族生活的笔墨把握得分寸得宜,深得背面敷粉法之壶奥的。例如写贾宝玉初到梨香院中探宝钗,看见她"坐在炕上作针线……蜜合色棉袄,玫瑰紫二色金银鼠比肩褂,葱黄绫棉裙,一色半新不旧……"衣装色调的高雅趣味与并不炫新搜奇的做派，使宝钗的贵族小姐身份更加凝重尊严。又如写刘姥姥重进贾府，贾母带她到大观园内见识见识，就先到了潇湘馆。在勾画了该处的优美雅致之后，曹公写道"说笑一会，贾母因见窗上纱的颜色旧了"，结果引出来一大篇议论"软烟罗"的文字。美女雅居，而亦有旧纱窗，这方是大户人家的日常景象。后来写到大观园里"池中又有驾娘们行着船夹泥种藕"，而极欲想打入怡红院的柳五儿偷偷到大观园"那边犄角子上一带地方儿逛了一回"，结果所获得的印象是"也没什么意思，不过见些大石头、大树和房子后墙"。这些看似微小、不经意的笔触，把仙境般的大观园又人间化、立体化、精微化了。倘仅是中上的才能，也断不能涉笔入髓到这等地步的。

更令人难忘的是第五十九回写到宝钗春困已醒，唤起湘云一起梳洗。"湘云因说两腮作痒，恐又犯了杏癍癣，因向宝钗要些蔷薇硝来。"宝钗说"前儿剩的都给了妹子"，又建议说"颦儿配了许多，我正要和她要些……"敢情读者心目中的这一批绝代佳媛,打从钗、黛、湘云、宝琴起,个个脸上都生着春癣!但二百多年来的读者读了这样的描写后,是生出了对她们的厌弃之心,还是愈加觉得她们活灵活现如在眼前,因而更可亲、可爱、可惜、可怜呢?恐怕绝大多数读者倒是被曹公引入了后一种心理之中吧?

第三十一回写史湘云到府,宝钗讲她的"古"说:"……可记得旧年三四月里,他在这里住着,把宝兄弟的袍子穿上,靴子也穿上,额子也勒上,猛一瞧倒像是宝兄弟,就是多两个坠子。他站在那椅子后边,哄的老太太只是叫:'宝玉,你过来,仔细那上头挂的灯穗子招下灰来迷了眼。'他只是笑,也不过去……"

一句"仔细那上头挂的灯穗子招下灰来迷了眼",写尽了豪富之家多少景象与滋味!那样的人家,任其天天有如蚁的仆妇打扫收拾,而穹顶上大灯笼的灯穗子也还是难免积灰未除。以为"四面光,亮堂堂",一色簇新、一尘不染才是富贵气象的见识,在贾母一句叮咛面前,该抱惭而退了吧?

好雨知情节

自然天象常同人的心境形成呼应或互补的关系,文艺作品的创作诀窍之一,是巧妙地利用天象来或明或暗地揭示事态的深层蕴意,展示人物灵魂的内在悸动。拿雨来说,"隔帘春雨细,高枕晓莺长"是一种温馨的境界、闲适的心态;"雷声千嶂落,雨色万峰来",则是一种动荡的变局、激昂的情绪;"欲黄昏,雨打梨花深闭门",就构成了寂寥的氛围,传达出一腔幽怨。在小说和戏剧乃至影视艺术中,天象中的雨也常常扮演着不可轻视的角色。

《红楼梦》煌煌百万言,天象描写颇丰,但仅就前八十回曹公原著而言,直接写到雨的地方却并不多。贾宝玉在《春夜即事》中有句云:"枕上轻寒窗外雨,眼前春色梦中人。"这十四个字包含了多少怡红院中的隐秘,亦可见他心中那"喜聚不喜散"的情结,但在全书的情节流动中,海棠春雨怡红院的展开描写却几近于无。近人写小说,尤其是演话剧或拍电影、电视,常常因为才竭技穷,便"戏不够,雨来凑",往往小说中、舞台上雷电交加,或银幕、荧屏上风雨大作,或角色大喊大叫、寻死觅活,一味拼命煽情,而读者、观众却只觉矫情,竟不为所动,可惜了那一番被搬动的风雨雷电。

《红楼梦》不写雨则已,一写雨,便是大手笔气象。那雨非但不是可有可无之物,更丝毫没有煽情之嫌,真是丝丝缕缕、点点滴滴,全织进了时境、物境、人境、心境之中,而总体上便构成一种诗境,引领读者去达到一个悟境。

"红楼"之雨,在第三十回中一现。这一回总计约六千字,却写了贾宝玉生活、性格中的几个全然不同的方面。在不断变换的场景中,他的情感生活竟在极短的时间内经历了几次跌宕转折。万未料及的与金钏小作调笑而导致王夫人暴怒的场面后，忽然又出现了更难料及的"龄官画蔷"一幕。这时曹公写道："伏中阴晴不定，片云可以致雨，忽一阵凉风过了，唰唰的落下一阵雨来。"后更成大雨。唯其因为有这场骤雨，才传达出了龄官忘雨画蔷的情痴，以及宝玉怜人淋雨而不自顾的对青春女性的珍惜乃至崇拜。也正因为有了这场骤雨，才会紧接着发生怡红院中一群女孩子堵沟积水戏禽嬉耍，宝玉拍门不开，袭人终于去开门时被宝玉抬腿踢在肋上，晚间嗽出血痰等一环更比一环出乎意料而又合情合理到天衣无缝的种种情节。"阴晴不定，片云可以致雨"，是这一回贾宝玉人生经验的总结，也是他内心青春期的骚动和苦闷。

《红楼梦》中的服饰并非"戏装"

7月17日《流杯亭》有尤戈谈《红楼梦》中的服饰一文,认为"那些关于服饰的神来之笔不是由于写实,倒确乎是由于摹写了戏装的缘故"。所举有三例,一是宝玉的"束发嵌宝紫金冠","百蝶穿花大红箭袖","邓云乡先生因此感到像煞《凤仪亭》中戏貂蝉的吕布,只是缺少根雉尾。我们自然也有同感"。二是北静王"穿着江牙海水五爪龙白蟒袍,系着碧玉红鞓带","则纯然一个舞台上的老生"。三是第四十九回史湘云的服饰描写,"移用了戏剧中刀马旦(如《虹霓关》东方氏)的装束"。

我以为此说不确。《红楼梦》反映的虽是清朝的现实生活，然而写到人物的服饰，却偏偏尽量避免有时代特征的"时装"，尤其对清朝男子的薙发拖辫和女子的三寸金莲，基本上是讳莫如深的态度。大体上来说，《红楼梦》中男子的服饰，往明代靠得较近；女子的服饰，则又往现实贴得较近。这是因为满族入主中原后，厘定服饰制度时有所谓"男从女不从"的政策，因而明清两代女子的服饰区别没有男子的服饰那样明显。曹雪芹写到贾宝玉的服饰时，恰恰比写贾政、贾珍、贾琏、贾蓉等人更多了一笔，写到了他的辫子。就在尤戈所引的那段文字后边，便有"头上周围一转的短发，都结成小辫，红丝结束，共攒至顶中胎发，总编一根大辫，黑亮如漆，从顶至梢，一串四颗大珠，用金八宝坠角"的描写。此时的宝玉，难道"像煞《凤仪亭》中戏貂蝉的吕布"吗？至于北静王的服饰描写，如到山东博物馆看一下所藏戚继光画像，便不难断定那是明代贵戚的写实。戚继光穿有皇帝特赐的团领大红蟒衣，腰围玉带。北静王因身份高至亲王,着白蟒袍、系红鞓带,当不足奇,并非"戏装"。至于第四十九回中史湘云的服饰,很可能确实并非清朝女子时装,而是曹雪芹的虚拟,但那又怎么可能是摹写了如《虹霓关》中东方氏那样的刀马旦的"戏装"呢?须知,直到曹雪芹谢世,有"刀马旦"这一行当的京剧尚未出现(京剧以前的戏曲行当中只有闺门旦、刺杀旦、贴旦等)。《虹霓关》这一剧目虽假托隋末秦琼、王伯当故事,但东方氏等情节并不见于《说唐演义》等书,亦不见于昆曲传统剧目,很可能是一出曹雪芹在世时根本就不存在,直到同光两朝京剧艺术走向成熟时才有的剧目。

尤戈所使用的"戏装"这一概念,十分汗漫。什么戏的服装?从他整个行文上看,似都引领读者去联想到京剧,以及现在仍在演出的古装戏曲的服装。京剧是曹雪芹谢世后又经许多年才出现的一个剧种,所以《红楼梦》中的人物服饰不可能去对之加以"摹写"。那么,这是"摹写"昆曲演出中的戏装?京剧形成以前的昆曲戏装,无论实物还是当年的图画都所存无多。我们现在倒是仍可以到山西洪洞县广胜寺的明应王殿中去观赏一幅"大行散乐忠都秀在此作场"。这是一幅元杂剧演出壁画,上面有九个着戏装的人物。但《红楼梦》中又有哪个角色的服装与之"像煞"呢?

《红楼梦》是一部伟大的写实之作,但其使用的艺术符号系统却是完全不受"实象"约束、具有出奇魅力的独创"意象"体系。因为《红楼梦》中的服饰描写不合清俗,便断定是"摹写戏装",与因为《红楼梦》中的大观园南北花草树木毕集,天下园林美景荟萃,便断定是"摹写年画"(第四十回中刘姥姥便有此感受)一样,都至少是一种肤浅的理解。

有趣的是,本世纪初京剧表演大师梅兰芳决定将《黛玉葬花》搬上京剧舞台时,为了高层次的美学追求,不得不摒除已有的种种旦角"戏装",单为林黛玉创造了一种独特的"古装"。现今仍时常上演的荀派京剧《红楼二尤》中,王熙凤一角则采用《红楼梦》中全然未曾描写过的"两把头"、长旗袍、花盆底鞋的"旗装"。这就更加使我们意识到,《红楼梦》的服饰描写既非摹写生活,更绝非摹写"戏装",而是一种天才的"意象"符号体系,它构成了《红楼梦》所营造的至高美学境界的一个最具独创性的组成部分。

二丫头与卍儿

长篇小说中,最忌无节制地写些招之即来、挥之即去的过场人物。小说中的过场人物犹如舞台上的零碎杂角,应尽可能删减至最必需的数目。当然,一部史诗性的作品中免不了总得有一些过场人物。他们一般起着连缀情节或丰富背景的功能性作用,犹如一件精美的玉雕,和装载它的锦匣之间需有适量的棉絮或泡沫塑料加以填塞。

《红楼梦》中严格意义上的过场人物不算太多。有些人物,如金寡妇、璜大奶奶、马道婆、醉金刚倪二等,尽管只出现了一次,但已构成鲜明的独立形象，况且在曹公原有的构思中，很可能还要两次以上出现，只不过因为后四十回（一说三十回）的原稿已不可复见，我们无法判定而已，因而不能算作过场人物。

但《红楼梦》中的过场人物，有些仅匆匆一过就给读者留下了令人难忘的印象。例如第十五回的二丫头和第十九回的卍儿，便是最明显的例子。而令人感到困惑的是，二丫头和卍儿的出现，从情节发展的内在机制上说，似乎又并非必需，不具备连缀过渡一类的功能。当然，她们在丰富背景上起着一些作用。然而，即便没有对他们的某些细笔勾勒，背景不已经很鲜明了吗？曹公为什么对她们要有一些似乎是"多余"的工笔描绘呢？

第十五回写到宝玉、秦钟随凤姐为秦可卿送殡来至一处农庄。当凤姐进入茅堂方便时，宝玉、秦钟便带着小厮们各处游玩。"宝玉一见了锹、镢、锄、犁等物，皆以为奇……又至一间房前，只见炕上有个纺车……便上来拧转作耍，自为有趣。只见一个约有十七八岁的村庄丫头跑了来乱嚷：'别动坏了!'"后来那丫头便为他们表演纺线,再后来那边有个老婆子叫道:"二丫头,快过来!"那丫头便丢下纺车,一径去了。到这里,二丫头在《红楼梦》中的"历史使命"似已完成,大可不必再写。然而曹公下面偏细腻地写道,凤姐一行将要离去时,"外面旺儿预备下赏封,赏了本户主人。庄妇等来叩赏。凤姐并不在意,宝玉却留心看时,内中并无二丫头"。到此仍未打住,又接写"一时上了车,出来走不多远,只见迎头二丫头怀里抱着他小兄弟,同着几个小女孩子说笑而来"。最惊人的是曹雪芹下面写道:"宝玉恨不得下车跟了他去,料是众人不依的,少不得以目相送,争奈车轻马快,一时展眼无踪。"二丫头纺线的镜头我倒以为一般,但"怀里抱着他小兄弟,同着几个小女孩子说笑而来"的一闪,却不知为何深深地嵌入了我的印象,总觉得与游太虚幻境中写到宝玉"恍恍惚惚……只见房中又走出几个仙子来"的情境有一种离奇的互映。脂砚斋在二丫头丢下纺车一径去了时有批曰:"处处点情,又伏下一段后文。""下一段"是指"怀里抱着小兄弟……说笑而来"还是"草蛇灰线，伏延千里"？真令人意想联翩。

第十九回写到的卍儿，当然有把"繁华热闹到如此不堪的田地"的宁国府背景皴染得更全面、更精微的用意。光天化日之下，锣鼓喧天声中，小厮茗烟竟敢在主子的小书房内"干那警幻所训之事"……于是宝玉一脚踹进门去，便出现了一个"虽不标致，倒还白净，些微亦有动人处，羞的脸红耳赤，低首无言"的丫头。宝玉在她羞跑后问茗烟："那丫头十几岁了？"茗烟道："大不过十六七岁了。"写到这里，似乎足可收笔。但令人惊奇的是，对这样一个过场的人物，曹雪芹偏通过茗烟的嘴交代她名字的来由，说："……他母亲养他的时节做了个梦，梦见得了一匹锦，上面是五色富贵不断头卍字的花样，所以他的名字叫作卍儿。"宝玉听了笑道："真也新奇，想必他将来有些造化。"这评价本已多余，却还接写宝玉"说着，沉思一会"。他有什么可沉思的呢？不知怎么的，那"五色富贵不断头卍字的花样"锦，总令我想到第七十二回中凤姐说到的一个梦:"……梦见一个人,虽然面善,却又不知名姓,找我。问他作什么,他说娘娘打发他来要一百匹锦。我问他是那一位娘娘,他说的又不是咱们家的娘娘。我就不肯给他,他就上来夺。正夺着,就醒了。"所夺的那锦,该正是"五色富贵不断头卍字的花样"吧?

附录一

《红楼梦》的真相与假象

看到这个题目,有人会疑惑:《红楼梦》不就是一本古典小说吗,有什么真相假象之分?是有的。

你所看到的《红楼梦》封皮上,很可能署了两个合作者的名字,一个是曹雪芹,一个是高鹗,这就是一个巨大的假象。曹雪芹和高鹗虽然都是乾隆朝人,但是两人根本不认识,素无来往,因此他们不可能在一起合作著书。所以,你所看到的《红楼梦》实际上是一个什么样的文本呢?它的前八十回大体上是曹雪芹的著作,八十回之后是高鹗续写的,他的续写和曹雪芹无关。这是《红楼梦》的真相。但是一百二十回的本子流传非常广,所以红学界把一百二十回的《红楼梦》叫通行本。阅读通行本《红楼梦》也是一件很好的事情,但是你必须知道真相:一百二十回的《红楼梦》是在曹雪芹所写《红楼梦》八十回后,被高鹗续写了四十回,是一个拼合的文本。

那么,有人可能会问,曹雪芹写的《红楼梦》怎么只有八十回呢?他写没写完《红楼梦》啊?现在有一个巨大的误会。有人说曹雪芹的《红楼梦》只写了八十回就没往下写了;或者他想往下写,可是力不从心,病死了;还有更离奇的,说八十回以后的内容他写了,但是后来他自己把这部分销毁了。这些说法都是假象。真相是,曹雪芹是写完了《红楼梦》的。曹雪芹的《红楼梦》一共是一百零八回,在八十回后有二十八回。他对自己的文本是很珍视的,绝对不会销毁自己呕心沥血的作品。但这后二十八回遗失了,到目前为止,我们还没能找到。这当然是一件很遗憾的事情。

我这么说当然是有凭据的。

曹雪芹一百零八回的《红楼梦》在乾隆朝是有人读到过的，并在历史上留下了痕迹。当然，曹雪芹是在非常艰难困苦的情况下写的这本书，他写得很艰苦，保存他的文稿也很艰苦。在这过程中，不断有人借阅他的文稿。其中八十回以后的部分，就被借阅者遗失了，到现在也没找到。可是，看到过后面二十八回而且做了记录的，不止一个人。曹雪芹的《红楼梦》最早是以手抄本的形式小范围流传。有人借去后，送还之前会誊一遍留下，这样辗转之中就产生了很多手抄本。

乾隆朝有一个贵族叫富察明义，就读过曹雪芹的《红楼梦》。他读《红楼梦》的时候，高鹗还没有续书，还不存在一百二十回的《红楼梦》，他所看到的肯定是曹雪芹写的全本《红楼梦》。富察明义喜欢写诗，把自己写的诗精心誊抄编辑，编成了一部诗集，叫《绿烟琐窗集》。因为他的诗写得不是特别好，欣赏的人不是特别多，所以没有付印，始终是一个手稿本。这个手稿本流传到了今天，在北京一个图书馆里可以找到，还被当作珍本完整保存着，后来出了影印本。《绿烟琐窗集》里面就有叫《题红楼梦》的诗，还不是一首，而是一组诗，有二十首之多，诗前还有小序。第一句是"曹子雪芹出所撰《红楼梦》一部"。研读这些诗就可以知道，他读到的是从曹雪芹那里借来的本子，并从第一回到曹雪芹写下的最后一回全读了。读了以后，就以诗的形式记录他对这本书的印象，发出感慨。富察明义的这二十首诗包括小序，是每一个红学研究者必备的资料。

何以见得富察明义读过曹雪芹撰著的一百零八回《红楼梦》呢？

咱们仅举两例。

先看一首：

> 莫问金姻与玉缘，聚如春梦散如烟。
> 石归山下无灵气，总使能言亦枉然。

大家知道，曹雪芹的《红楼梦》里面包含一个金玉姻缘的故事。当时金陵地区有贾、史、王、薛四大家族。薛家有个姑娘叫薛宝钗,从小带一个金锁。她的家长老往外散布舆论,说我们家姑娘带金锁,有一个神奇的和尚说我们这个带金锁的姑娘一定要嫁一个带玉的公子。带玉的公子是谁呢?就是贾宝玉。这是大家很熟悉的内容。但是,书里面构成了一个三角关系,贾宝玉爱的是他的另一个表亲林黛玉。薛宝钗是他母亲妹妹的女儿,是他的姨表姐。薛宝钗比他大一点,所以他在书里面叫她宝姐姐。林黛玉是他父亲妹妹的女儿,比他小一点,所以他叫她林妹妹,是他的姑表妹。这三个贵族青年发生了感情纠葛。所以,书里面确实有一个金玉姻缘的故事。

曹雪芹没有在前八十回里写出宝、黛、钗三个角色的大结局。高鹗续书后四十回,就告诉我们贾母同意了王熙凤的调包计。最后,贾宝玉果然就娶了薛宝钗。林黛玉知道以后就活活气死了。但是,富察明义看到的情节显然不是高鹗续写的内容。他有这样一句诗感慨:不要去问金玉姻缘最后的结果。"不要问"是他看到全书大悲剧的结局后说的:

金玉姻缘最后的结果,不要问了。很不好,结局很不好!

怎么不好呢?第二句就告诉我们,"聚如春梦散如烟"。"聚如春梦"就是前八十回的内容。这些公子、小姐在荣国府、大观园里面度过他们的青春,有他们的喜怒哀乐、感情纠葛。虽然他们之间也闹别扭,也有很多烦恼,像林黛玉老是使性子,薛宝钗有时候也很不愉快,宝玉在当中受夹板气,但是总体来说,前八十回里他们还过着锦衣玉食的生活,生活在温柔富贵乡里。富察明义不但看到"聚"的内容,还看到了"散"的内容:所有的一切最后都像烟云一样随风而逝。

第三句他就说他看到了全书的结局,是"石归山下"。《红楼梦》的第一回就告诉我们,在神话世界有一块大石头。女娲补天的时候,其他石头都派上用场了,剩下这一块她没有用,是一块废弃的石头。这块大石头通过一僧一道幻化为通灵宝玉,在人间游历一番后,在全书的最后一回又回到了神仙世界,回到了山下。回到天界后,石头上就写满了字。这些字连起来，就是我们看到的《红楼梦》，所以《红楼梦》实际上应该叫《石头记》。富察明义看到了全书的最后一回，是"石归山下无灵气"。他很感慨，读到最后觉得现实世界如此令人绝望。所以他说，虽然石头能说话，从没有字变成有字，但最后也枉然。他表达了一种无奈的、悲观的、消极的情绪。这是富察明义的局限性。作为读者，他对曹雪芹文本内涵的了解不够透。这是另外一个问题。但是，他通读了《红楼梦》，他读全了。

可能有人觉得引这首诗来说明当年有人读过曹雪芹的全本《红楼梦》还是不太能令人信服，因为第一回里就说了那个石头会回到山下。确实，第一回里预先写到了那块石头会回到山下。有一个空空道人看到这个石头上有好多字，就抄录下来，并把文本带到了人间。空空道人还给抄录下来的文本取了个名字，叫《情僧录》。

那我们再引一首。这首诗可以确凿证明富察明义看到的《红楼梦》是完整的，且不是高鹗续写的。根据红学专家的考证,《绿烟琐窗集》中最晚的一首诗也早于高鹗续《红楼梦》的时间。可是,他看到的也不是只有八十回,而是一百零八回。

这首诗更能说明问题:

馔玉炊金未几春,王孙瘦损骨嶙峋。
青娥红粉归何处?惭愧当年石季伦。

第一句是写《红楼梦》里的贾家过着荣华富贵的生活。馔就是菜肴。他们家吃的东西都像美玉一样昂贵。做饭本应烧柴火,他们却直接烧金子。可这样的生活是不是就一直持续下去呢?不是的,没几个春天就破灭了、结束了,所以叫作"馔玉炊金未几春"。前八十回里,曹雪芹一再预言,比如"三春去后诸芳尽,各自须寻各自门",又比如"勘破三春景不长"。贾府荣华富贵的生活也就是三个春天的时间。三春过后,贾氏宗族就要崩溃、毁灭。

富察明义看到的文本不但展现了前面的富贵生

活，也展现了后面毁灭的状况。第二句，"王孙瘦损骨嶙峋"。"王孙"就是贾宝玉。贾宝玉是荣国公的后代，当然算得上是王孙公子。"骨嶙峋"就是瘦得皮包骨头了。"嶙峋"本来是指山上带棱带角的石头。这种石头上已经没有土了，更没有植被，还带棱带角。就是说这个人瘦得不但没有脂肪了，连肌肉都消耗殆尽了。前八十回里面，贾宝玉以这种形象出现过吗？没有。可见富察明义如果只读了前八十回是写不出这首诗的。我主张精读前八十回，这是曹雪芹的原著。写到第七十八回的时候，宝玉已经很痛苦了，因为已经抄检大观园了，他最心爱的丫鬟晴雯也已经被迫害致死了。这让他精神上受到了很大的打击。他写了《芙蓉女儿诔》哀悼她。但是他此时并没有"骨嶙峋"。在高鹗笔下，直到最后一幕，贾宝玉在雪地里披个大红猩猩毡斗篷，跪到船前向父亲贾政致礼，也没有"骨嶙峋"的描写。可见富察明义看到的贾宝玉的形象，出现在曹雪芹写下的后二十八回里。在前八十回里，脂砚斋就在批语里告诉我们：贾宝玉在家族败落后，沦落到"寒冬噎酸齑，雪夜围破毡"的地步，那当然要"骨嶙峋"了。

这首诗后面两句的大意是，青娥红粉全都死的死、散的散。当年晋朝富豪石崇败落时，还有一个侍妾绿珠为他跳楼殉葬，而贾府到头来却连这种情况都没有。这两句概括的内容，现在的通行本里全然没有，可见富察明义概括的是曹雪芹借给他的一百零八回《红楼梦》里的内容。

现在的一百二十回的《红楼梦》是怎么回事呢？1791年，北京有个书商叫程伟元，开了一家书铺。在出版史上，对这个人要大书特书一笔。他是书商，要赚钱，就要策划出书卖钱。当时有人卖一些手抄本，他就买，其中就有《红楼梦》。他看了以后就觉得这本书非常有意思，非常值得印出来去卖。但程伟元又是一个会保护自己的人，他可能买到了一本完整的《红楼梦》抄本，跟富察明义看到的没什么大的区别，在前面八十回写了贵族家庭荣华富贵的生活；可八十回以后写的却是这个家族的毁灭：主人公入狱了，王孙公子瘦骨嶙峋了。这太危险，所以他就没把整本曹雪芹的《红楼梦》印出来，只保留了前八十回。可是书商有生意经。中国人的习惯是必须看一个有头有尾的故事，看戏也是一样，必须有一个最后的大结局，所以他就找了一个合作者——高鹗。高鹗当时考中举人，到京城来考进士，老考不上，"闲且惫矣"。他有闲工夫，想要挣点钱，所以愿意跟程伟元合作。他们最后就弄出了一个一百二十回的本子。乾隆五十六年（1791），程伟元用当时最先进的木活字版，第一次印刷了一百二十回的《红楼梦》，并与高鹗分别写了序言。现在很多一百二十回的《红楼梦》前面都附有他们当时写的序。他们对读者说，找到的这本书很有意思，但一开始只找到八十回，后来又陆续地再找，最后从打鼓挑担收废品的人那里，陆陆续续买了一些残稿。他们觉得有点衔接不上，就加以整理，奉献给大家。所以这个一百二十回的《红楼梦》当时印出来是没有署名的，仅在前面有出版者的说明，说了这本书的大致出版流程。

一百二十回的《红楼梦》第一次印刷后，很快供不应求，程伟元也借此大赚了一笔。第二年，也就是乾隆五十七年（1792），他又加印了一次。这一次，又在前面一版的基础上有所改动。所以现在通行的一百二十回《红楼梦》还不是1791年的版本，多是1792年的版本。我们现在管1791年的版本叫程甲本、1792年的版本叫程乙本。现在的通行本多数是根据程乙本重新改编的。这两个版本也可以合称为程高本，因为是程伟元和高鹗合作的。

一百二十回的《红楼梦》是有功的。功在哪里呢？没有一百二十回的印行，曹雪芹的前八十回不一定能流传到今天，所以说程伟元和高鹗在中国出版史、《红楼梦》出版史、《红楼梦》流布史上是有功劳的。这个要肯定，不能抹杀。

程伟元和高鹗也有很大的过错。过错在哪里？一个是高鹗的后四十回续书极其严重地违背了曹雪芹的原意。另一个是他们对前八十回也有一些改动。有的改动可能不大，但有的改动非常粗暴、随心所欲。而且高鹗的思想境界很差，比曹雪芹不知低到哪里去。他本身是一个官迷，也是一个科举迷。所以，现在通行的一百二十回《红楼梦》与曹雪芹原著的《红楼梦》是有距离的。

目前，市面上流通最多的《红楼梦》是由人民文学出版社出版、中国艺术研究院红楼梦研究所汇校注解的版本。这个版本的前八十回不是用的程高本，而是用了一个古本，叫庚辰本。简而言之，这是拼成的一个版次，即把目前保存相对最完整的一个手抄本作为底本，构成这个本子的前八十回；后四十回用程乙本。

2010年，红学所有一个新态度：后四十回是不是高鹗续的呢？他们也拿不准，因为这在红学界有争议，包括《红楼梦》的原作者是不是曹雪芹也有争议。现在人民文学出版社出版的红学所的这一版，在封面上印的是"曹雪芹著，无名氏续"。这个处理我是比较同意的。因为原来出版的《红楼梦》，封面、书脊、版权页上两个作者的名字并列：曹雪芹、高鹗；他们不写曹雪芹著，高鹗续，是不合理的。让好多人以为《红楼梦》是两个人共同创作的作品。这是一种假象，假象必须戳破。真相也必须知道：《红楼梦》是曹雪芹的作品，高鹗续的四十回严重违背了曹雪芹的原意。

我们也要承认，高鹗的文笔不是一无是处。他完成了宝、黛的爱情悲剧，而且这部分文字的水平也是很高的。为什么说他违背了曹雪芹的原意呢？读者把《红楼梦》当成一个单纯的爱情故事，是被高鹗误导了。咱们再看《红楼梦》前八十回，宝玉和黛玉的爱情充斥着全部文本吗？不是啊。第四十九回对他们爱情的展开描写基本上就已经结束了，第五十七回又写了紫鹃试宝玉的故事。第五十八回到第八十回还有二十多回，占前八十回的四分之一，除了偶尔几句宝玉关怀黛玉的简短交代，讲的全是跟宝、黛爱情无关的事情。怎么能说《红楼梦》是部爱情小说呢？这必然是一种假象。我们现在必须跳出这种假象，获得真相。获得真相的唯一办法就是仔细阅读曹雪芹的前八十回文本。我建议从第五十八回读起。

第五十八回到第六十一回，写了荣国府、大观园里底层生命的生死歌哭、姨娘和小戏子变成的小丫鬟之间的激烈冲突，特别写了争夺大观园厨房支配权的故事。荣国府有一个大厨房，做好饭以后给主子们送去。府里的公子、小姐，一般要么跟着贾母吃，要么跟着王夫人吃。后来王熙凤成了府里的大管家，她对这些兄弟姊妹很爱惜，就说每天这样太麻烦，干脆在大观园里也设个厨房，这样就近吃饭，方便。

大观园设立厨房后，主管是柳嫂子。这是很重要的一个人物，曹雪芹用了很多笔墨来写她。她把大观园后门进去的几间空房布置成厨房，专门为公子、小姐和丫鬟们供应伙食。这是很重要的职位，关系到大观园里主子和丫鬟们的生活质量。当然，像黛玉、宝玉等有身份的无所谓，反正不至于亏待他们；有一些丫鬟脾气比较好，也就无所谓。但是另有一些丫鬟就很在意。有一个丫鬟叫司棋，是贾迎春的首席大丫鬟。司棋是一个很立体的人物，她在追求爱情婚姻自主方面可歌可泣，但是她在争取对厨房的掌管权方面，就很刁蛮、很霸道。她觉得柳嫂子管理厨房，只对怡红院的晴雯、芳官她们好，对自己不利，于是就寻衅滋事，派小丫头莲花儿去厨房刁难柳嫂子。小莲花找到柳嫂子说"司琪姐姐说了，要碗鸡蛋，炖的嫩嫩的"。本来炖鸡蛋羹是件很简单的事情，但是柳家的不愿意伺候司棋，就说头层主子一天到晚加餐，光伺候她们还不够呢，哪里还有伺候二层人物的富余，就说没有鸡蛋。莲花儿可不是省油的灯，就说"我就不信连鸡蛋都没有了"，就在厨房里开柜子搜。一搜，当然很快就发现了鸡蛋，就说"这不是？你就这么利害"，"又不是你下的蛋，怕人吃了"。这种粗鄙的口吻很适合莲花儿这个角色。那柳嫂子也不是好惹的，说"你娘才下蛋呢"。两人就斗嘴。最终司棋听了莲花儿的汇报，大怒。带着莲花儿等到了厨房，实施打砸抢。尽管最后柳家的还是把蛋蒸好送去了，司棋却把蛋羹泼了。

《红楼梦》里还有很多这一类的情节，比如府里下层人物之间的利益冲突、复杂的人性等。因此，千万不要认为《红楼梦》只是一部爱情小说，其内容是非常丰富的，是展现康熙、雍正、乾隆三朝社会生活的广阔故事,是满汉文化的一部百科全书。这是一个非常要紧的真相。

还有一个真相,就是贾宝玉的真相。高鹗笔下的贾宝玉变形了。前八十回,曹雪芹笔下的贾宝玉与当时社会的主流价值观背道而驰。当时社会的主流价值观要求男子必须立身扬名,要通过科举考试进入仕途经济,要当官,要发财,要在这个圈子里混,冠带揖送。宝玉对这一套烦得要死,薛宝钗劝他读书上进,他竟骂薛宝钗为国贼禄蠹。可是高鹗是一个官迷,一个科举迷,他拼命扭转这个局面,把贾宝玉变成了一个顺从社会主流价值观、乖乖学八股文的孩子,让他跟从塾师贾代儒学作八股文。而且在高鹗笔下,林黛玉也喜欢八股文,跟贾宝玉说读一读、做一做也有好处,安身立名也有必要。前八十回里,贾宝玉说得很清楚,独有林黛玉从来不劝他立身扬名。林黛玉跟他之间的情感基础不是功名利禄。可是到了高鹗笔下,林黛玉变成了一个利欲熏心的人,鼓动宝玉去科举。这完全歪曲了宝、黛两个形象。更不像样子的是,高鹗还大写宝玉不但自己皈依了封建的主流价值观，还向其他人宣扬这个封建道德，对他的侄女巧姐儿讲《列女传》。在高鹗笔下，宝玉把《列女传》里面的一些楷模讲给巧姐听。这还是曹雪芹笔下的那个贾宝玉吗？所以，真相是曹雪芹笔下的贾宝玉连续八十回不变，定下的人物性格基调就是反对当时的主流价值观，是一个具有一定叛逆性的贵族公子。而现在看到的后四十回里的贾宝玉是假象，是严重扭曲了曹雪芹笔下的贾宝玉的假象。

另外，高鹗在这四十回进行了大逆转。本来曹雪芹的《红楼梦》是一个彻头彻尾的大悲剧，最后是"家亡人散各奔腾"，"落了片白茫茫大地真干净"。可是高鹗怎么写的？他也写了贾府被抄家，皇帝也发过怒，但是这风很快就刮过去了，最后贾家就沐皇恩、复世职、延世泽了，成了个大喜剧。虽然根据前八十回的伏笔，也只好写宝玉最后出家当和尚了，但他在出家以前还不忘两件事：一是为家族谋取一个功名，要去参加科举考试，还要给家里考中；二是给家里留下一个种，让薛宝钗生下了贾桂。这就是完成了两个任务：一个是为家族延续为官为宰的仕途；一个是给家族延续了血脉，在这之后才出家。而且，他当了和尚也不忘在大雪天跪到父亲的航船前，请求父亲原谅。这绝不是曹雪芹前八十回延续下去应该有的情形，这是一个巨大的假象，完全违背了曹雪芹的原笔原意。

高鹗续书不符合曹雪芹原笔原意的地方很多，大致有三点：第一，把《红楼梦》变成了一部单纯写爱情婚姻悲剧的小说；第二，把贾宝玉歪曲成了一个最后皈依封建主流价值观的人；第三，想尽办法把曹雪芹笔下的大悲剧变成了一个喜剧。

我做了一件事，引起了很大的轰动，就是把我对曹雪芹写下又遗失的后二十八回内容的探佚，以续书的形式，尽可能地勾勒出来供大家参考。我不是要创造我个人的价值，不是狂妄，我实在是欣赏《红楼梦》、崇拜曹雪芹，希望通过自己续书的形式，提醒人们追求《红楼梦》的真相。

曹雪芹的《红楼梦》是人类文明史上的奇葩。

我曾经见过一个年轻人，说中国的小说都不行。我就问他怎么不行。他说："爱尔兰作家乔伊斯写的《尤利西斯》，不得了啊！尤利西斯是古希腊神话中一个英雄的名字，乔伊斯把他作为整部书的书名，是一个大的隐喻，然后每一章是一个中等隐喻，每一节是一个小的隐喻，每一句又有丰富的隐喻，瞧瞧人家这本书！"《尤利西斯》在中国已经有了两个汉语译本。爱尔兰作家乔伊斯确实为人类的共享文明做出了不朽的贡献，但是乔伊斯是十九世纪末二十世纪初的作家，离我们的曹雪芹已经很久远了。我说，很惭愧，我只读过《尤利西斯》的中文译本，相比你读英文原本，体会就没那么深刻。他说他读的也是译本，没读过原著。我说，你没读过原著，怎么就狂热到这个地步了？说起曹雪芹的《红楼梦》，摇头像转拨浪鼓一样；说起乔伊斯的《尤利西斯》，就磕头如捣蒜。我不反对你崇拜乔伊斯，喜欢《尤利西斯》，但我现在告诉你，你对曹雪芹的《红楼梦》撇嘴，是因为你没有认真地读过，尤其是没有进行文本细读，没有仔细品味曹雪芹的前八十回,没有把《红楼梦》的真相与假象区分。曹雪芹的《红楼梦》采用了"真事隐、假语存"的文本策略,这在世界上是独一份。他的文本伏笔极多、极佳,叫作"草蛇灰线,伏延千里"。比如第七回、第八回出现了一个叫茜雪的丫鬟,她因一杯枫露茶的事情被撵了出去,然后在前八十回里再没有她的故事,许多读者都以为她就永远消失了,仿佛曹雪芹是随写随丢,其实不然。脂砚斋就在批语里告诉我们,她的被撵是一个伏笔,伏延千里之后的后二十八回里,有一回写发生在狱神庙的故事。那一回里,她再次登场,到监狱安慰贾宝玉,而且那一回是"茜雪正传",可见茜雪是一个非同小可的人物。只可惜包括茜雪狱神庙慰宝玉等情节在内的真本《红楼梦》后二十八回已经遗失了,高鹗的续书里根本没有相关的内容。这个年轻人听了以后,就懂得原来中国也有曹雪芹这样伟大的作家,写出过这么伟大的文本,就伏笔而言,有大伏笔、小伏笔,主伏笔、分伏笔,单伏笔、双伏笔,一石三鸟、一石四鸟……他表示今后要好好去读《红楼梦》前八十回。这正是我所期望的。我希望大家也去精读曹雪芹留下的《红楼梦》,把握《红楼梦》的真相,再不要为假象迷惑、蒙蔽。

      根据2011年8月23日
      在宁夏的讲座整理而成

附录二

《红楼梦》为什么写女不写脚、写男不写头?

《红楼梦》的作者,到现在为止尚有争议,不过多数研究者还认同是曹雪芹。我个人也认为它就是曹雪芹的作品。此文不探讨《红楼梦》的作者问题,而是要跟大家探讨《红楼梦》的文本。我认为曹雪芹通过《红楼梦》化解了他心灵深处的三个焦虑。

第一个焦虑,是身份认同。我是谁?怎么界定我自己。如果仔细读,就会发现《红楼梦》的文本里渗透着身份认同的紧张,并在叙述中不断化解这种焦虑。

第二个焦虑,是时空认同。我生活在一个怎

样的空间里？怎样的一个历史阶段里？当然这是我用今天的话语来表达。曹雪芹在开篇就宣称他所写故事的朝代纪年、地舆邦国皆失落无考。脂砚斋随即就写下批语：据余说，则大有考证。时空桎梏人生，怎么办？《红楼梦》文本解决了这个问题，化解了作者内心的焦虑。有研究者认为，《红楼梦》作者认同明朝反对清朝，又有研究者认为作者肯定康熙、痛恨雍正、怨怪乾隆，更有研究者认为作者整个儿反封建社会。这些研究成果都足资参考。但是，我认为作者超越了对明、清的褒贬，超越了对康、雍、乾三个皇帝的爱恨，表达出了个体生命超越时空桎梏，达到心灵自主的一种宝贵的追求。

第三个焦虑，是文化认同。在曹雪芹生活的历史时期，满族虽然统一了中国，但满族统治者拿不出自己的意识形态，结果全盘接收了原先汉族统治者的意识形态，即尊孔崇儒，以读书上进、科举选拔来驯化治下的年轻学子。在《红楼梦》里，作者通过贾宝玉的艺术形象，对这一套痛加挞伐，骂那些迷恋科举以求官职的人是"国贼禄蠹"。但这并不等于曹雪芹就全盘抵制儒家学说。对于儒教中的某些维系家族亲情的伦理，他不但不反对，还享受其中。比如第二十五回写他从私塾回来，卸下装束，就滚到母亲王夫人怀中，享受母亲的爱抚。第五十四回宗族欢聚，族长也是堂兄的贾珍带领众兄弟跪下给老祖宗贾母敬酒，他本来可以不跪，却自愿而且愉快地参加到下跪的群体中。当然，贾宝玉面对汉文化中的不同品类是有所选择的。对老庄、《西厢记》、《牡丹亭》那样的，他就特别欣赏。这其实就是曹雪芹自己化解文化认同焦虑的路径。《红楼梦》里最能体现作者文化认同的一段文字就是《芙蓉女儿诔》。

现在我只集中谈谈《红楼梦》文本中，曹雪芹是如何化解身份认同焦虑，如何升华，以及我从中又学到些什么。

阅读《红楼梦》文本后，会发现两个非常尖锐的问题。从台湾到美国定居的历史学家唐德刚先生也研究《红楼梦》。唐德刚先生是一位著名的学者，也是一位著名的作家，他曾写过一篇文章，探讨《红楼梦》里一个很有趣的问题：《红楼梦》写女性，为什么不写脚？《红楼梦》里描写女性的文字非常详细，发型怎么样、发簪怎么样、衣服的样式、花边的镶嵌等面面俱到，但里面就是不怎么写女人的脚，这是为什么？而且不仅是女人脚的问题，"写女不写脚，写男不写头"，还有对男子头部描写的问题。《红楼梦》中的男性主要写了贾宝玉梳辫子，但是贾宝玉梳的不是清朝官方规定的那种成年男子必须具备的辫子。第三回贾宝玉出场，就写到他"头上周围一转的短发，都结成了小辫，红丝结束，共攒至顶中胎发，总编一根大辫，黑亮如漆。从顶至梢，一串四颗大珠，用金八宝坠角"。这是曹雪芹为贾宝玉这个角色量身定制的一种发型，在清朝社会绝对是非常少见的。满族成年男子要把前面的头发剃光，后面留起来编成辫子。满族八旗兵打下山海关，定鼎之后，有个重大的措施，就是要求所有男子（尤其汉族的）要把头发留成满族男子的样式。当时有一句话叫作"留发不留头,留头不留发"。贾宝玉虽然梳辫子,却"周围一转的短发",前面有刘海,这在清朝是绝不允许的。《红楼梦》里写了很多成年男子,除了贾宝玉,一律回避写他们的发型。以至于后来《红楼梦》被搬上舞台,拍成电影和电视连续剧,总是会遇到如何处理宝玉以外的男性角色的发型和服饰的问题。最后往往是除了贾宝玉的特殊发型,男性角色就采取明代汉族男子的发型。当然,后来也有导演开始采用满族男子发型,有些观众反倒觉得不那么顺眼。这是很有趣的现象。

再说说《红楼梦》中关于女性的描写。五四运动中,男性审美趣味有一个很大的变革,就是对女性脚的态度。在明朝,几乎所有男子的审美趣味都要求女子的脚必须缠得很小,越小越美。《金瓶梅》里,西门庆把玩女性时,小脚是他重要的兴奋点;而女性要取悦他,必须具备三寸金莲。到清朝,汉族男子对女性的脚基本上仍是这样的审美趣味。在蒲松龄的《聊斋志异》里,有许多男子把玩女性金莲的文字,但是《红楼梦》里却鲜有关于女性脚的描写。

五四运动后，新文化运动提倡"天足"，人们的审美趣味发生了很大的变化，新式的男性知识分子坚决不接受裹脚的女子，家里父母包办婚姻的女子裹脚，即使娶来，也坚决不与其同床，最后多半离婚，他们要去爱"天足"的女子。但《红楼梦》表现的那个时代，三寸金莲本是常见的，许多男子还以把玩三寸金莲为乐事，曹雪芹为什么却偏要回避呢？

《红楼梦》的文本实在很特殊。这是因为曹雪芹在构思这个文本时，心中充满身份认同的焦虑。书中所写的贾府，包括四大家族中另外的史、王、薛三家，这些家族到底是满族的还是汉族的？书里的写法，真个是烟云模糊。在民族认同上，曹雪芹也充满了焦虑，不是他没能力写清楚，而是他不愿意写得很清楚，他有心理障碍。还有，贾府的这些老爷、太太，在当时社会属于主子阶层，还是奴才阶层？一开始我们看到，这是一个百年富贵之家，当然属于主子阶层。但是，往下细读，就发现在

《红楼梦》的文本里，表达出一种作为奴才的凄惨、凄厉的申诉。你会感觉到曹雪芹下笔时有焦虑，他为自己家族和他自己的定位问题而焦虑。研究《红楼梦》，一定要懂得这个文本特点。

《红楼梦》的文本特点在全世界的文学史上都是独一无二的。"真事隐""假语存"，可见这是虚构的文本。全人类的小说都是以虚构为特色的，不虚构不成为小说。不虚构的文学作品现在有个叫法，就是报告文学。但是，曹雪芹虚构的《红楼梦》文本很古怪。作者脾气很犟，"假语"就"假语"吧，大家写小说都是"假语"，但他偏要把自己家族的一些真实的情况编织在文本里。"真事隐"，还要"假语存"，把真事存放在虚构的情节、场景和对话里，这是独一份的做法。

最明显的一个例子就是第三回。只要稍稍了解封建社会的伦常秩序，就会觉得曹雪芹写得好古怪。往严重了说，这叫情节设置不合理。林黛玉因为母亲去世，被送到外祖母那里抚养。到了荣国府，首先去见贾母。只要读过《红楼梦》就知道，贾母是住在一个单独的院落里的，在整个荣国府的西边。第二回"冷子兴演说荣国府"交代了贾母有两个亲儿子：大儿子叫贾赦，正妻邢夫人；二儿子叫贾政，正妻王夫人。见完外祖母，林黛玉要去见大舅、二舅。邢夫人带着林黛玉去见她的大舅。大舅身份很高。小说里荣国府的老一辈荣国公是开国功臣，荣国公死后，根据当时封建王朝的规则，大儿子可以承袭贵族头衔，但要降级。原来是国公，到了贾赦就降为一等将军，当然也很不错了。贾赦是长房长子，但是林黛玉跟着邢夫人去见贾赦时，作者是怎么写的？荣国公死了，他的遗孀贾母还健在。书里交代贾赦和贾政没有分家，那么他就应该写邢夫人把林黛玉带到荣国府最重要的院落，也就是挂着皇帝御赐匾额的荣禧堂去，贾赦和邢夫人就应该住在那个地方。但书里怎么写的？邢夫人带着林黛玉不但出了贾母那个院落，更出了整个荣国府的大门，到门外还要坐车。车停在了一个黑油大门前，进了那院子，才是贾赦和邢夫人的住处。贾赦袭了爵，是一等将军，且母亲还活着，他不跟母亲住，而是另外住一个院子，为什么？封建社会有这样的情况吗？这不要说贵族人家，即便是农村人家，一个寡妇有两个儿子，又没有分家，而大儿子不管母亲，搬到另外一个院子里住，也是很反常的。书里写到，邢夫人带林黛玉到了大舅家后，贾赦在家却说什么见面彼此伤心，所以干脆就不要见了。之后林黛玉回到荣国府，再去拜见二舅。皇帝念及贾家上辈是开国功臣，所以额外赐了一个官职，贾政当了个工部员外郎，也不是什么不得了的官职，和他哥哥封袭的一等将军没得比。书里写贾政斋戒去了不在家，王夫人接待的林黛玉。于是我们发现是没有爵位的贾政住在荣国府中轴线上最显赫的院落里，这里不仅挂着皇帝御书的金匾，还挂着一副堂皇的楹联。贾政和王夫人怎么成了荣国府的正主呢？从书里后来的描写看，贾母固然不喜欢贾赦和邢夫人，但是对贾政也没有什么感情，对王夫人往往不以为然。曹雪芹为什么要虚构成这个样子？

这就是因为曹雪芹在"真事隐"，即虚构小说情节的时候，偏要把他自己家族的某些真实情况记录到文本里。即使在某些篇幅里细心的读者会觉得情节设计不合理，他也在所不惜。

《红楼梦》是一部众多角色都有人物原型的作品，我研究《红楼梦》就是做原型研究。我当然知道，不是所有小说都有原型人物。阿根廷作家博尔赫斯长期在图书馆工作，其小说灵感很多都出自他的阅读体验，是没有生活原型的。这也是一种写作路数。但是，《红楼梦》是有原型的，它取材于曹氏及相关家族的浮沉兴衰。简而言之，明末，曹氏宗族有一支从关内迁到关外谋生。曹家祖上被满洲八旗兵俘虏了，很早就被编入八旗兵里，后来随满族八旗兵一起打进了关内。有人说曹雪芹是汉人，后来他们家编入了汉军旗，这是不对的。曹雪芹他们家是汉人，但被编进了正白旗，属于上三旗。进京以后，清初的统治者对早期一起战斗过的汉族人很信任，所以曹家祖上得到了顺治、康熙的重用。

当时清廷有一条规矩，皇帝的孩子不留在母

亲身边,要另外去养。这些孩子的母亲只有在皇宫庆典大礼时,才能看到亲生的孩子。康熙小时候就被放在紫禁城西边南长街的福佑寺抚养,被一群奶妈伺候着。还有一种角色叫保母,跟我们今天所说的保姆不一样,这是代替母亲的角色。康熙小时候,保母就等于是他的母亲。保母不止一个,但有为首的,那为首的保母使他尝到母爱。保母从小教他,要站如松、坐如钟、卧如弓,见人应该怎么有礼貌,懂得爱惜粮食,从小应该有慈悲心等。保母是个很重要的角色,在清朝被称为"教养嬷嬷"。"嬷嬷"发音就是"妈妈"。《红楼梦》里写到的李嬷嬷、赵嬷嬷、王嬷嬷,都应该这么叫。"嬷嬷"原来只有一种规范的发音,就是"妈妈",但是二十世纪一些人翻译的西方文学作品里,写修女时便用这两个字来称呼,而且读作"磨磨",这也就反过来,影响到对清朝嬷嬷们的称谓。同样的,"茜"这个字,原来只有一个规范的读音,就是读作"欠",《红楼梦》里有个人物叫"茜雪",有一个虚拟的国家叫"茜香国",也是由于翻译中的借用,这个字不读"欠"了,读成"西"。从西方翻译过来的小说里会有读作"丽西"的女子丽茜,电影《茜茜公主》也读作"西西公主"。"嬷"和"茜"成了多音字,是近代以后才出现的文字现象。

曹雪芹的祖父曹寅的母亲孙氏,就是康熙皇帝小时候的保母中最主要的一位。《红楼梦》第五十三回写贾氏宗祠,有副对联是"肝脑涂地,兆姓赖保育之恩;功名贯天,百代仰蒸尝之盛"。这就是"真事隐"中的"假语存",把曹家当年起家是因为老辈子妇女"保育"过皇帝的真相记录下来了。康熙小时候很难见到生母,偶尔见到也难以从那里得到母爱。在他幼年给予他母爱的就是这个孙氏,可以想见他们之间感情有多深。康熙长大以后要找个陪读,就找到了孙氏的儿子曹寅。曹寅陪着康熙一起长大,北京话叫发小,所以后来曹寅成为正白旗里的汉族成员,立身清朝皇家的服务机构——内务府。曹寅后来成了康熙的近身侍卫。再后来,康熙把他外派到江宁当江宁织造,负责为皇家制造纺织品。江南养蚕,出上好的蚕丝。皇帝的龙袍、皇后妃嫔的服装,乃至床上用品、窗帘布幔等皇家的需求,都由织造府供应。表面看来,织造这个官职不大,但实际上康熙对他信任得不得了。当地的最高官员对他都要畏惧三分,毕竟他可是从小陪着康熙长大的呀。他也经常向康熙递送密折,汇报一些官员的动向,也报告一些其他的事情。

曹寅后来还兼管盐政。我们现在很多图书馆有《全唐诗》。《全唐诗》就是康熙让曹寅编制的。据可靠的史料记载,曹寅在街上出现的时候,所有人看见他都下跪的下跪,弯腰的弯腰,弄得他很不好意思,因为凭织造的官职不该享受这种待遇。于是,他在肩舆上总拿着线装书挡住脸,表示自己在阅读。

康熙六次南巡,当地的最高官员都会为他造行宫,可康熙到江南的六次中有四次过行宫而不入,直接住到了江宁织造府。这是很出格的。但皇帝有任性出格的权力。当时的官员看到这个情况，对曹寅不仅是看重，一定还很敬畏。有一年康熙到织造府以后，孙氏还健在，颤颤巍巍地出来要跪拜。据可靠史料记载，康熙看到孙氏"色喜"，并且对跟随的重臣们说："这可是我们家的老人啊！"当时他立有太子，跟随他一起下江南。康熙那样说更是让太子尊重这位老嬷嬷。按理康熙不该这么说，毕竟抚养他的保母是内务府派来的，孙氏的丈夫是正白旗所俘汉人的后代，属于包衣身份。孙氏嫁给包衣，自己当然也是包衣。按她的身份，康熙怎么能跟太子和重臣们说孙氏是"我们家的老人"呢？但是康熙确实对孙氏有感情，他情不自禁就那么说了，也被在场的人记录下来了。当时织造府里萱花盛开。萱花在中国传统文化里有"孝敬母亲"的含义。康熙触景生情，就当场挥毫，写下"萱瑞堂"的牌匾，赐给曹家。于是《红楼梦》第三回写黛玉进荣国府，在贾政和王夫人住的府第最核心的院落里，见到了皇帝为贾家题写的"荣禧堂"金匾。这属于"真事隐"而"假语存"的笔墨。

历史上的真实情况是曹寅得了疟疾,需要金鸡纳霜,而当时只有康熙皇帝有,是从外国传教士那里得来的。得知曹寅得了疟疾,他心急如焚,立即派人马不停蹄地送药给曹寅。结果,药送到时,曹寅已经死掉了。按说曹寅死了,应该让内务府再找另外的人充当江宁织造,而且顺治皇帝曾立下规矩,内务府派出的官职是不能世袭的,但是康熙对曹寅一家的感情太深了,他就偏让曹家世袭。曹寅死了,还有个儿子叫曹颙,康熙就让曹颙继续当江宁织造。康熙对曹颙很看好,夸赞他文武双全。但是曹颙没几年又死了。曹颙死后,曹寅就再没有亲儿子可以世袭这个织造官职了。事情到了这种地步,按说康熙也就该叹息一声罢休了,但是康熙对曹家好到什么程度呢?他居然还要曹家来当江宁织造。当时江南有三大织造,除了江宁织造,还有苏州织造和杭州织造。苏州织造当时是李煦,李煦的妹妹嫁给了曹寅。曹寅死后,家里只剩两代孤孀,就是曹寅和曹颙的寡妇。于是,康熙就把李煦找来问:你能不能从曹寅的侄子中选一个,过继给曹寅,来接管江宁织造?李煦就从曹寅的侄子里选中了曹𫖯,算是曹寅和李氏的过继子。曹𫖯就带着他的夫人,住进了有"萱瑞堂"御笔题匾的正堂,继任了江宁织造。

李煦的妹妹、曹寅的遗孀李氏,在小说里化为贾母,而曹𫖯和他的夫人在小说里化为了贾政和王夫人。当然根据故事设置,贾府挪到了北京。在小说里,读者可以发现,贾母对贾政的感情很淡薄。灯节时,贾政准备了许多礼物到贾母跟前凑趣,但贾母没多大会儿竟然就让他离开。第三十三回写贾政痛打宝玉,贾母闻讯赶到,大怒,说出"只是可怜我一生没养个好儿子"的话来。这种母子关系,就是按照现实生活中曹𫖯乃李氏过继子的情况来"假语存"的。儿子虽不是李氏亲生的,但过继的儿子生下的孩子,祖母会非常珍爱。这是中国传统伦常的既定心态。包括现在也是一样,儿子虽然是过继的,但孙子就认为是嫡传,丝毫不影响祖孙感情,甚至还会更加浓酽。小说里贾母对宝玉的溺爱,显然也是把真事用假语存之。

现实生活中,曹頫有个亲哥哥,并没有跟他一起过继到李氏门下。曹雪芹不能舍弃曹頫的亲哥哥这一支,因为这一支里有一个很重要的原型人物——"二奶奶"王熙凤,所以他在进行小说文本虚构的时候,合并同类项,把曹頫的哥哥写成贾母的大儿子贾赦。在现实生活里,他和他的夫人并不跟李氏住在一起,在小说里,曹雪芹也就写成林黛玉去拜见贾赦,需要另去一处独立的院落。

关于曹雪芹在身份认同上的焦虑,若从曹家的根上说,他是汉人,但是这家人很早就成了满族正白旗的成员,跟满族人一起战斗,一起分享胜利的果实。那他根据家族的历史写《红楼梦》,怎么来处理故事里贾家,以及其余三大家族成员的身份?写成满洲八旗成员的故事?可是四大家族的成员却又流淌着汉族的血液。最后,曹雪芹决定尽量避免鲜明的民族符码。因此,他在写女性角色的时候,尽量不去描写脚。在女性的服装上,清朝汉族妇女大体上还允许按照明朝的方式穿戴。《红楼梦》里对荣、宁二府女性装扮的描写,除了脚,其他往往不厌其烦,写得很细,是类似明朝妇女的装扮。这也合乎清朝时许多汉族妇女的真实形象。曹雪芹自己家族及相关亲戚中的妇女出身汉族,且保持明式装束,这是有可能的。但是,其家族很早就投降了满族,并且被编制到满洲八旗里,作为旗人妇女,若穿旗装,也是顺理成章的。旗人妇女是不缠足的,而且会穿一种独有的花盆底鞋,穿旗袍,头上梳"两把头"。在近代排演的京剧《红楼二尤》里,尤二姐、尤三姐是类似明代妇女的装扮,而王熙凤就是"两把头"、旗袍、花盆底鞋的旗装。这种汉满混搭看上去很有意思。曹雪芹为了超越"我们这些人究竟是汉族还是满族"的身份认同焦虑,写汉族女子时不写三寸金莲,写满族妇女时不强调是大脚,王熙凤也不写成旗装妇女。

如果读得细,就会发现,曹雪芹虽然整体上刻意回避写女性的脚,但是也偶尔会出现一点关于脚的文字。他写尤三姐为了对抗贾珍、贾琏对她的玩弄,就故意放荡不羁:"这尤三姐……底下绿裤红鞋,一对金莲或翘或并,没半刻斯文……自己高谈阔论，任意挥霍，村俗流言，洒落一阵，拿他弟兄二人嘲笑取乐，竟真是他嫖了男人，并非男人淫了他。"这是曹雪芹笔下唯一写到"金莲"的地方。书里的尤二姐和尤三姐显然都是汉族妇女。尤二姐被王熙凤骗到荣国府去见贾母。贾母看完她的手，又让丫鬟把裙子撩起来看脚。过去评价汉族女性美不美，要从头看到脚，尤其要看"三寸金莲"。这一处没有出现"金莲"字样，但是也暗写到金莲。有一次写晴雯在床上跟别的丫鬟打闹，"穿着红睡鞋"。这红睡鞋是裹小脚用的东西，汉族妇女才有。满族妇女是"天足"，睡觉时不穿鞋。书里还常用"小蹄子"来蔑称丫鬟。仆妇讽刺丫鬟不愿跑腿，有"那里就走大了脚"这样的语句。这就说明，贾府里有一部分丫鬟是汉族妇女，要缠足。当然还有些丫鬟是满族的，像贾母那边的粗使丫鬟傻大姐，"生得体肥面阔，两只大脚，作粗活简捷爽利"。不过这种涉及女性脚的句子，在《红楼梦》整部书里真是凤毛麟角，不进行文本细读都会被忽略掉。

一定会有人问：书里的金陵十二钗是"天足"还是小脚啊？书里有个女子邢岫烟。有次贾宝玉要到栊翠庵找妙玉，半路碰到邢岫烟颤巍巍地迎面走来。邢岫烟走路为什么颤巍巍？就因为她和尤二姐、尤三姐一样，不属于四大家族，是汉族妇女，要缠足。薛宝钗、薛宝琴姐妹，以及王熙凤、史湘云都是四大家族的女性，因四大家族的原型都是入了满洲旗的，这些女性应该都是"天足"。曹雪芹写史湘云不仅爱女扮男装，更能在雪地上扑雪人玩，若是缠足，则令人难以想象。那林黛玉呢？她母亲贾敏的原型是入了旗的，约是大脚。但书里写贾敏嫁给了林如海，林如海似乎是汉族官吏，那么林家可能会给黛玉缠足，不过书里完全不写她脚的形态。读《红楼梦》要注意到，薛家进京时摆在第一位的目的，是要让薛宝钗参加宫廷选秀。书里没有使用"选秀"这个语汇，就是为了告诉读者，即便薛宝钗有汉族的血统，但她家很早编入了八旗，是在旗女子。她到了十四岁，就有参加选秀的资格，林黛玉则未必。这也是薛、林两家的重大差别。

《红楼梦》写女性尽量不写脚,写除贾宝玉外的成年男性则基本上不写发型。装束上,不写清朝常见的长袍、马褂、瓜皮帽等。有时就会造成错觉,让人以为写的是明代的生活。有人认为《红楼梦》是排满扬汉的文本。我认为证据不足。曹雪芹内心有身份认同焦虑,但通过巧妙的文本策略化解了这个焦虑。第一回中《好了歌》及其解析里所概括的人间悲喜剧、他笔下的贾宝玉即第二回所说的那种秉正邪二气的生命,超越了民族认同,达到了最高层面的生命关怀。

曹雪芹在身份认同上,除了民族认同的焦虑,还有主奴身份辨识的焦虑。故事一开始就交代,宁、荣二府是世代簪缨的钟鸣鼎食之家,是开国功臣的后代,有着不得了的社会地位。接着有些文字又透露出来,人物内心总有与人为奴的自卑。书里写了一个现象,就是荣国府有个大管家赖大,赖大的媳妇叫赖大家的(那时候媳妇一般都没有名字,嫁给谁就叫成谁家的)。赖大早上到府里上班,下班以后回家。回到一个什么样的家里呢?巨大的宅院，宅院附带着花园。赖大有个儿子叫赖尚荣，成长的过程跟贾宝玉不相上下。本来赖尚荣作为奴才的后代，长大后也应该到荣国府服役当差，但是被免除了这项义务。于是，赖大就给赖尚荣捐了官，让他当上了县太爷。为了庆祝儿子当官，赖大还专门在家里大宴宾客。贾府里的老爷、少爷，以及社会上一些有头有脸的人都去他家做客。进到荣国府，赖大是高级奴才；出了荣国府，他就是社会上的富豪。而且书里写得很有趣，赖大的妈还活着，就带着仆人来贾府请安，见了贾母、王夫人，又去见王熙凤。这个赖嬷嬷跟王熙凤和贾琏转述她对赖尚荣说的话："你那里知道那'奴才'两字是怎么写的！只知道享福，也不知道你爷爷和你老子受的那苦恼。熬了两三辈子，好容易挣出你这么个东西来……你一个奴才秧子，仔细折了福！"这是带血带泪的话语。曹雪芹家正是那样的情况，在被征服的汉人面前是统治者正白旗的成员，在满族皇帝和正白旗旗主眼里，他们却不过是被征服掳获的包衣。正因为如此，《红楼梦》里才会有关于赖大家的这种描写。

在宁国府焦大醉骂的那段情节里,也透露出贾家上一辈是如何浴血战斗,千辛万苦挣来家业的。焦大在艰难岁月里,自己喝马尿,把找来的水奉献给主子喝,也恰是往昔曹雪芹祖辈作为忠仆效力满洲主子的缩影。"你那里知道那'奴才'两字是怎么写!"这传达的其实正是书中贾家,即现实生活中曹家的心声。就真实身份而言,曹家几辈都不过是"奴才秧子",作为主子的皇帝,可以如康熙那样对曹寅信任溺爱,也可以像雍正那样对曹頫严厉打击。到乾隆朝,曹家卷进弘晳逆案,乾隆如以沸水浇灌蚁穴,让曹家的毁灭竟连档案也没有留存!"奴才秧子"罢了!主子的喜爱、憎恶、信用、毁弃只在一念间。

我读《红楼梦》,特别注意曹雪芹对贾宝玉这个形象的塑造。贾宝玉对世上众人的看法是惊世骇俗的。曹雪芹写书的时代是神权社会,但贾宝玉却毁僧谤道,虽有深知他脾性的袭人就此劝诫他,但他表面上答应,其实何尝改正。那个时代更是皇权社会，贾宝玉却毫无通过读书科举跻身权力中心的意愿，不仅骂那些往权力中心攀爬的人是"国贼禄蠹"，更身体力行地主动亲近远离权力的社会边缘人，如秦钟、蒋玉菡、柳湘莲等。那个时代是父权社会，贾宝玉却和他的父亲贾政在科举、结交等方面发生激烈冲突。那时代是男权社会，贾宝玉却宣布女儿是水做的骨肉，男人是泥做的骨肉；他还说见了女儿便清爽，见了男人便觉浊臭逼人，对那个时代似乎是天经地义的男尊女卑来了个彻底的颠覆。贾宝玉对女性的崇拜又并非盲目的，他有三段论：女孩儿未出嫁，是颗无价的宝珠；出了嫁，不知就怎么变出许多的毛病来，虽是颗珠子，却没有光彩宝色，是颗死的了；再老了，更变的不是珠子，竟是鱼眼睛了。他深切感受到，闺中的青春女性，无论小姐还是丫鬟，没有深受社会主流价值的污染时，天真烂漫，显示出生命的本真之美；一旦嫁了人，开始参与社会主流价值体系的运作，灵魂就开始锈蚀；再往后，则生命的本真之美尽失，如死鱼眼睛迅速腐烂。

贾宝玉对自己的身份定位，完全超脱于那个时代的一般规范。他的装束是独特的，他的话语具有强烈的个人特色。他和丫鬟们好；若小厮们见到他没礼貌，他无所谓；虽然贾环设计要烫瞎他的眼睛，他却从来没有考虑过以后如何与兄弟分割家产一类的问题。他自我身份的认定超越民族、主奴、贫富、贵贱的框架。他的此类表现传扬到贾府以外："时常没人在跟前，就自哭自笑的。看见燕子，就和燕子说话；河里看见了鱼，就和鱼说话；见了星星月亮，不是长吁短叹，就是咕咕哝哝的。"可见贾宝玉的自我身份认定升华到了"自然之子"的高度，他是独一份的生命存在，不受世俗身份定位框架的摆布，他要与天地宇宙融为一体。

我阅读、研究《红楼梦》，不仅是要学习曹雪芹写小说的心思技巧，更要学他那化解身份认同、时空认同、文化认同焦虑的深邃思想与途径。自我身份定位必须超越俗见。我越来越清楚地认定，我就是我自己，首先要做好我自己。现在的社会，人的生存是很艰难的。最难的还不是挣钱、获得真爱和真朋友,最难的是真正做成你自己。人们在种种因素的影响下,一直戴着假面生存。谁的生存是容易的啊?我曾经写过一篇散文《心里难过》,清夜扪心,独自难过。但不管如何艰难,如何难过,我立誓一定要成为有尊严的人。

根据2014年4月16日
在上海复旦大学的演讲整理而成

附录三

《红楼梦》教会我们如何用感情来滋润一生

我是文学马拉松长跑者,从十六岁开始发表文章。我现在还在跑,还没有出局,因为我喜欢写作。

我把自己定位为写小说的人,研究《红楼梦》《金瓶梅》都是为了向它们取经,因为它们是经典作品。《四牌楼》就是我当时仔细研究《红楼梦》和它的人文情怀之后写出来的。

我今天说一个特别经典的话题——《红楼梦》中的爱情故事。

大家特别熟悉的是宝、黛、钗的爱情故事,但遗憾的是有些人只记得这一个爱情故事,其实《红楼梦》里有很多爱情故事。曾经有个小伙子说他特别喜欢《红楼梦》,说像"天上掉下个林妹妹"这样的文笔很优美。可这是《红楼梦》文本里的吗?不是。"天上掉下个林妹妹"是越剧《红楼梦》当中的唱词,产生于二十世纪五十年代。虽然唱词很好,但这不是《红楼梦》本身。所以,大家还是要读《红楼梦》文本,细读的话,会发现《红楼梦》里的爱情故事太多了。

有人和我讨论,说贾宝玉和林黛玉的爱情故事很勇敢,在那样的年代里面,不求功名富贵,可歌可泣。但《红楼梦》里还有比他们俩的相爱更坚决、更勇敢的——林红玉(小红)和贾芸。林红玉(小红)是贾府大管林之孝的女儿,是有背景的。但是书里写得很古怪。按说林之孝夫妇可以把女儿安排在最好的地方,可是他们俩低调生存,装聋作哑,把女儿派去看守园子里的空房,就是后来贾宝玉他们住进去的怡红院。在怡红院里,晴雯、袭人都是近身服侍的头等丫鬟,而小红只是三等丫鬟,做的是喂鸟、扫地一类的活。有一次,宝玉身边没有人，但又想喝茶，就出现了一个空档。这时候小红借着给宝玉倒茶的机会近了前。贾宝玉是人见人爱的，不但小姐们要争取他，丫鬟们也要争取他。但小红明白，去参与那种无聊的竞争也没用，可嫁一个奴才她也不甘心，于是就把目光放在了贾芸身上。

贾芸是贾家的旁支，并不受重视，但他很有志气，想办法改变自己的命运，后来就从凤姐那儿得到了一个在大观园里面种植花草树木的差事。这是个很不错的活儿。他可以从账房支取银子，买花种草花费以外剩下的就是自己的。既然他们都在大观园里，就有机会相遇了。有一次小红去传话，和贾宝玉的小厮对话，就发现有一个爷们在旁边。这时候小厮顺口一说，这也是贾家的本家。小红听后就下死眼看了。这在那个时候是不得了的，不要说丫鬟、小姐不能看男人，若当着别人就更不能看，别说是下死眼看了。下死眼是怎么个看法？就是一定要看明白，包括眉眼、气质等。小红看着中意，就准备追求贾芸。

小红的故事很多，曹雪芹写得也很丰满。有一回写有"痴女儿遗帕惹相思"。"痴女儿"是林黛玉吗？不，是小红。她很有心机，假装扔了一个手帕。贾芸果然就捡起来了，去找怡红院的丫鬟坠儿说捡到手帕了，后来一问说是小红的，可贾芸并没有真把手帕还给小红，而是把自己的手帕交给了坠儿。在当时严酷的封建社会里，如此大胆地传递爱情信物，是不得了的。贾芸本来是曹雪芹刻意塑造的正面人物，可高鹗续的后四十回把他写成了坏蛋。这完全不符合曹雪芹的原意。因为宝玉曾经把住的屋子叫"绛芸轩"，绛是红色，所以指的是小红，芸自然指的是贾芸。"绛芸轩"的名字不是曹雪芹胡乱写的，由此可见贾芸和林红玉多重要。

还有一个人物也很重要，他就是贾蔷。这个人很奇怪，他家里其他人都死光了，只剩下他一个，所以宁国府就收养了他。他和贾芸是一辈的。书里讲，当时为了元春省亲排戏，让他去买了十二个小姑娘。在清朝，学艺的戏曲演员多称为

"官",所以十二个女孩就有十二官。这里面的龄官有艺术家的品质,还爱耍大牌。当时给元妃娘娘唱戏,说她唱得好,让她再唱两出《游园》《惊梦》。她不愿意。贾蔷气得要命,问她要唱什么。她说,要唱《相约》《相骂》。这可是贵妃回家探亲啊!她说,这是我最喜欢唱的戏。最后贾蔷拗不过她,让她唱了,没想到元妃觉得还不错,赏赐了她。最后龄官爱上了她的老板贾蔷。她是社会底层的人物,贾蔷是主子,但也爱她爱到了忘情的地步。他俩是突破了阶级的隔阂,真诚相爱。宝玉曾在下雨时看到有个小姑娘拿着头上的簪子在地上抠泥,走近了才看到这个女孩子来来回回写一个"蔷"字,当然马上就明白了她在干什么。后来有一天宝玉见到龄官,想让她给自己唱一曲,因为他是家族第一继承人,心想对方一定会唱,却没想到遭到了人生的一次大冷淡,连理都不理他。按说小丫鬟遇见这种机会应该下死眼,但龄官却连看都不看。后来贾蔷过来后,宝玉才突然发现原来是贾蔷在和龄官忘情地相恋。这时候宝玉有一个感悟：人世间的情爱都是老天爷划分好的，不归你的感情你是得不到的。可惜高鹗在后四十回把贾蔷也写得很坏。

第三对是迎春的丫鬟司棋和她的表弟潘又安。可惜后来事发了，还被抄出了赃物，但司棋并无悔改之意。这也很不得了！而且书里还写，作为旁观者的鸳鸯在发现司棋和潘又安之间的私情之后，不但没有告发，后来还在司棋病倒后前去看望，也没有看不起司棋，还安慰她好好保重自己。

书里面还有很多爱情，比如秦钟和智能儿的低俗爱情。智能儿当时就说你要和我好，就帮我跳出这个火坑。所谓当小尼姑就是被住持驱使，很悲惨，所以智能儿就想跳出这个牢笼。后来秦钟病了，她就从尼姑庵逃出来去他家看望，但秦钟还是死掉了。这个爱情故事虽然没有结果，但那个时代不仅是皇权社会、家长社会、男权社会，也是一个神权社会，尼姑追求自己的爱情是大逆不道的，《红楼梦》正面地写了智能儿追求爱情的勇敢作为，也很不得了。

尤三姐和柳湘莲这一对，是有单相思的。尤三姐爱上了破落世家的飘零子弟柳湘莲。柳湘莲答应成亲，给了一把鸳鸯剑作为信物，但是后来听说她的一些事，就不愿意娶她了，想索回定亲信物。尤三姐听到后非常痛心，就自尽了。

其他单相思的还有贾瑞，喜欢王熙凤。

书里还有一段很暧昧的描写。贾府家眷到清虚观打醮。这个观里的道士是张道士，年龄和贾母相仿。提到国公爷的时候，贾母就泪流满面，张道士也泪流满面。贾母是贾家唯一一个幸存的老祖宗，张道士是国公爷的出家替身。虽然道士可以结婚，但是张道士也没娶，而且两人见了以后，就说宝玉和国公爷像一样似的。很有意思。

书里面还有很多爱情故事。张金哥与守备之子的爱情被王熙凤破坏了，后来两个人殉情自杀了。我们注意到《红楼梦》里面有很多形形色色的男女关系和情爱关系，这是一个很丰富的文本，不是只有宝、黛、钗。总之，细读《红楼梦》的文本非常重要。

《红楼梦》就是一部曹雪芹创造的"情教"圣经,教会我们如何用感情和真善美来滋润自己的一生。研究《红楼梦》的各派都有道理,作为研究者有责任向大家推广这部书。

根据2016年4月15日
在北京华贸中心的演讲整理而成

附录四

读书的四种方式——狼、蟒、牛、猫（节选）

很高兴能够聊一聊有关读书的事，我个人读书有四种方式，与大家分享，仅供参考。

第一种方式叫作狼读。有人一听可能就皱眉头了，因为咱们自小就听大人们说，吃东西要细嚼慢咽，不能狼吞虎咽；你要是问医生的话，更得这么跟你说，因为狼吞虎咽会让人消化不良，会产生各种不良的后果。读书跟吃东西有相同之处，也有区别。你说你爱读书，但面对这么多的书，每一个读书人都得懂得放弃一部分，有的书恐怕你一辈子都不必读，也没工夫读；还有一部分书可以狼读，大体知道怎么回事。我的读书记忆中有一部分书就是狼读的。或许是由于书很难借到，毕竟以前没有这么好的借阅和阅读条件。若问一个朋友借书，人家得跟你说好借多少天，这就要求自己在有限的时间内读一部篇幅比较大的书。这没办法，只能狼读，到时候不还可不行，要有借有还，才会再借不难。狼读也有收获。有一本历史书，篇幅挺长的，人家就借我一周，我还有工作，所以就狼读。到现在我觉得它对我还是有用的。

上初中的时候，我发现父亲的枕头底下压着书，叫《增评补图石头记》，其实就是《红楼梦》。这是一本很老的印本，分上下册，每一册都很厚。我很好奇，那时候分不清《红楼梦》版本，就觉得挺有趣，因为它不但增评，而且有补图，有好多绣像。何为绣像？过去的线装书前面有插图，这些插图都是用木板雕刻后印出来的。木工在雕刻之前先让画工在木板上用线条画出图像，把它雕出来以后再印刷。因为图像好像绣花绣出来似的，构图比较丰满，画得比较细致，所以叫绣像。

我觉得绣像很有趣，因为里面的绣像都是一些古代的人物，时代的差距感就催生了好奇心，就拿来读。我的母亲可能也知道我从父亲枕头底下翻出这本书来了，但因为她要操持家务，且对我读书带有一个朴素的心愿，即孩子读书总是好事，就没有阻拦。可是我怕父亲回来以后找我算账，他压在枕头底下，可见不愿意别人掏出来了解他看的什么书，所以每到他快下班的时候我就非常紧张。这本书我就采取狼读，翻得很快。那时我只有十几岁，就通读了一百二十回的程高本《红楼梦》。读完以后，实际上是打了一个童子功的底子。虽然有的我也没看明白，有的我也记不住，但这一狼读对我来说确确实实还是有好处的。

所以，若问我什么时候开始读《红楼梦》，我是十三岁从父亲枕头底下翻出来后，就读了它。所以我跟《红楼梦》结缘很早，这样一部叫《增评补图石头记》的一百二十回的本子是我读到的最早的一部《红楼梦》。

又过了一段时间，我到家里胡同外逛书店。这家书店的规模很小，但是进书品种还比较丰富。曾看见一本周汝昌先生的《红楼梦新证》。我一看那个书很厚，就拿起来在那儿翻。这个书店是一个私营书店。当时，老板来干涉我，就说这不是"小孩书"，他觉得我太小，不适合看这本书。可是我一翻就觉得这本书很好，因为我狼读过《红楼梦》，我对这个书有印象，所以一看这个书跟《红楼梦》有关系，我就特别感兴趣。特别吸引我的是里面的一幅图，叫作《红楼梦人物想象图》，这跟我看到的《增评补图石头记》里的绣像图完全不是一回事，风格不一样。我就好奇，跟老板说要买这个书。我当时还有点钱。我妈比较宠我，给我点零花钱，我经常攒起来，那天我就恰好能把这本书买下来。这本书的读法就是蟒读。

周汝昌先生这本《红楼梦新证》是一部高端学术著作，可我当时是一个狂妄的文学青年，已经开始尝试写作，所以我觉得能读就读。既然已经看了《红楼梦》，为什么不读与《红楼梦》有关的书呢？而且这本书是我自己买的，不是从我父亲枕头底下翻出来的。我大摇大摆地在家读，还真是把它从头到尾过了一遍。有的字我不认识就跳过去，有的字不太懂我也读过去再说。我读《红楼梦新证》就是蟒读，就像蟒吃东西一样，把它吞下去再说。

蟒吞了东西以后可以很久不吃东西了，就可以冬眠似的歇下来，慢慢消化。我在十几岁的时候蟒读了周先生的《红楼梦新证》，对我后来从事红学研究是一个重要的启蒙。后来我跟周先生有交往，夸张点说我是他的弟子。我后来研究《红楼梦》走的就是周先生的路子。

什么叫牛读？牛有反刍的习惯，吃下饲料后可以在胃里面储存很久，再时不时地把其中一部分拿出来重新消化一遍，有时候甚至还不止重复消化一遍，然后就可以把饲料中的所有营养充分吸收。牛的反刍功能启发了我，真要进入一个喜欢的阅读领域就不能狼读，也不能满足于蟒读了，就要牛读。后来对《红楼梦》，我就进行了牛读。在牛读的过程中，狼读时期的阅读印象和蟒读吞下去的《红楼梦新证》都充分地消化掉了，对我有特别大的滋养。

《红楼梦》有很多版本。后来我也读古本的《红楼梦》。我认为《红楼梦》有两个体系，其中一百二十回的《红楼梦》，也是现在最流行的，在学界叫通行本，这是一个完全可以终身阅读的本子。虽然我和周先生一样认为后四十回的续作和前八十回的原作是两回事，但是一百二十回的《红楼梦》流传很久了，也是一部有头有尾的古书了，而且续作也有一些优点和长处，所以它流传到今天不是偶然。但是我和周先生一样更重视的是另外一个体系的《红楼梦》，就是曹雪芹创作的《红楼梦》。我们都认为曹雪芹是写完了《红楼梦》的，不是写了八十回就没有往下写，只不过八十回后的内容遗失了。虽然找不到，但是我们可以探佚，通过考据的方法研究出来八十回后还有多少回，都是什么内容。我们认为八十回后不是四十回，而是二十八回，而且很多内容跟高鹗续的不一样。高鹗和曹雪芹两人的生命轨迹没有交集，高鹗出生比曹雪芹晚很多,他和书商程伟元合作出一百二十回《红楼梦》的时候,曹雪芹已经去世二三十年了。曹雪芹的《红楼梦》叫《古本红楼梦》,最早以手抄的方式流传,它里面还有很多的批语。

后来我读《古本红楼梦》,就像读一百二十回的《红楼梦》。前面八十回的很多内容跟古本基本一致。书商程伟元和高鹗完成一百二十回的《红楼梦》时,不但续了后四十回,对前八十回也做了很多改动,有的改动不是很大,基本还是曹雪芹的原笔原貌。后来我牛读第三回,就很有意思。这一回写林黛玉进贾府,到荣国府去。林黛玉的父亲在扬州,在她母亲去世后就不再娶了,因此就委托她的家庭教师贾雨村把她带到京城,送到她外祖母那儿,也就是贾母那儿。林黛玉进府,很热闹。

《红楼梦》的文本很有意思,曹雪芹这么写小说为的就是"真事隐,假语存"。他是写小说,又不是写家史,不是把曹寅、曹颙、曹頫的事情写成一个流水账,而是把家族的一些情况巧妙地保存在小说里。很多细节描写用狼读是读不出来的,蟒读存在胃里面也不一定有收获,但如果是牛读,这滋味儿就出来了。牛读花时间最多,这是最好的阅读方法,可以把你喜欢的书拿来反复地体味、反刍,会有很大的收获。

还有一种读法,叫猫读。猫吃东西一般叫吃猫儿食,每次量很小,不贪多。后来我读《红楼梦》也是这样,不贪多。我觉得我对《红楼梦》已经很熟悉了,所以每次即使反刍,也只读一回,就是吃猫儿食。控制量,吃得少而精,也很有收获。

比如我读第五十七回。这一回的故事在通行本和古本的文字基本一样,主要就是写林黛玉的丫鬟紫鹃骗宝玉,说林家要来人把林黛玉接走了。宝玉急得要死,痴病发作,就不答应、闹起来了。这一回的重点是写宝玉和黛玉的爱情故事。我过去读书即便不狼读、不蟒读,也没能一段一段地精读,就忽略了其中很重要的一段,有几百个字。我把这一段精读以后,眼泪快出来了,发现它既不是写林黛玉,也不是写贾宝玉。这一段里面虽有紫鹃,但重点不是紫鹃。写谁呢?雪雁。雪雁是林黛玉的丫鬟，是很悲惨的小生命。

荣国府丫鬟的来源基本是两大类。一类是家生家养的。贵族家庭的奴才生了孩子以后，还给他们家当奴才，比如被贾赦看上的鸳鸯就是家生家养的丫鬟，是世代的奴才。鸳鸯家在贾家当奴才的时间非常久了，贾家后来从南京迁到北京，她的父母都没跟着来，在南京看着老房子。还有一类就是买的，比如袭人。袭人家里穷得没饭吃，就把她卖了。

雪雁是哪一类呢？她两种都不是，是林黛玉进京的时候跟着来的。书里面第三回写当时跟着来了一个王妈妈，老态龙钟；还来了一个小丫鬟。贾母看她一团孩子气，林黛玉就很小，她更小，完全是一个小姑娘。这个小生命在荣国府里默默地度过她的日日夜夜，她其实就是一个无根的浮萍。像鸳鸯，因为贾赦要占有她，她就抗婚，还有很多同伴支持她。有一回写大观园里好几个丫鬟都出现了，都站在她一边骂贾赦。可见鸳鸯起码能在横向获得情感支持和道义支撑。而雪雁跟这些人没有那种关系，就自己默默地成长。

第五十七回这段写雪雁从潇湘馆走出大观园，进入荣国府中轴线主建筑群的正房，到王夫人那儿取人参，因为林黛玉经常需要吃人参。取了人参出来之后，她就看见旁边厢房有人向她招手。谁呀？赵姨娘，贾政的妾。过去见到这些文字我都一扫而过，不注意的，但我猫读时就专读这一段。赵姨娘找她干吗？

赵姨娘兄弟死了，她要参与丧事，参与丧事就要带丫鬟。有个丫鬟叫小吉祥，用北京话的儿化音叫小吉祥儿。参加丧葬活动，穿衣服有讲究。赵姨娘就让雪雁把她的月白缎子袄拿出来，借给小吉祥儿穿。这就是柿子捡软的捏。因为贾府是一个大家族，府里所有的人，包括丫鬟，也很讲礼仪，都配置了月白缎子袄。但是小吉祥儿跟赵姨娘穿过去以后，参加丧葬活动容易弄脏，不愿意穿自己的，就让雪雁拿出自己的给她穿。一个弱小的生命在这个府第里面生存，是很弱势的存在。赵姨娘就已经很弱势了，但她的人性很不好，她自己其实就是一个被侮辱、被损害的生命，她又要过来损害雪雁。雪雁回来就跟紫鹃说这个事。雪雁的一番话，就说明这个很小的生命在府里经过几年以后心智成熟了，从一个孩子气的小姑娘，到现在懂得了处世的艰辛和人际的险恶，她懂得保护自己了。她就跟紫鹃说自己知道她们怎么回事，知道她们也都有，就是怕把自己的衣服弄脏了，所以才跟她借；雪雁就说她的衣服都是紫鹃姐姐给收着，紫鹃姐姐又不敢专断，还得去回林姑娘；姑娘现在又正病着，所以怪麻烦的，让赵姨娘去问别人借。紫鹃就说她真会说话，把这个事都推到她跟林姑娘身上了。雪雁学会保卫自己了。

曹雪芹的这枝笔真不得了，把一个咱们读来读去都容易读丢的人物，在第五十七回里用几百个字就一下子立体化了。后来我专门把这段文字又读了几遍，觉得真是写得好。小生命因着一团孩子气，让人家这么欺负她。她后来想出一个法子来保卫自己，让对方最后还真没辙。雪雁说的障碍这么多，特别是越不过林姑娘这一层，而姑娘现在又正病着。由此，我着实觉得，读书乐趣无穷，读书方法也多种多样。

我结合自己的心得谈了读书的四种方式,还有些读者喜欢我的著作,比较关心我自己新的创作计划。对此,我要感谢读者对我的厚爱。我现在已经退休了,岁数也一天天大了,暂时还没有新的计划。但从我自己的写作中,我的收获是要种四棵树。

第一棵树是小说。我写小说,长篇、中篇、短篇都写,小小说也写,如《今晚报》的专栏《多味煎饼》就是小小说,写生活故事。小说我还得继续写。2014年,我出了一本长篇小说《飘窗》,新的长篇计划目前还没有,因为写一个长篇不是件简单的事。但是,如若有了灵感,我还会继续写一些短篇和小小说。

第二棵树是散文随笔。我发现《心里难过》这篇散文在网络上有很多音频。很多专业的或业余的人把它录成了音频。有人喜欢它才把它变成声音挂在网上,不但可以读,还可以听。这样的散文随笔我也一直还在继续写。

第三棵树是建筑评论。我写了一些建筑评论

文章。这方面最近虽然写得少,但是写作热情还一直在。

第四棵树是《红楼梦》研究。曹雪芹《红楼梦》的八十回后是什么情况,我在周汝昌先生的指导下进行探佚,而且用"续红楼梦"的方式呈现了我的探佚成果。

我这几个方面的事情还都在做。我最近在重读《金瓶梅》,并在2012年出版了《刘心武评点金瓶梅》,也打算再写一点儿给一般人介绍《金瓶梅》的书。这些人一般对《金瓶梅》还属于零基础,只知道一个名字,对内容什么的都不知道,或者觉得它就是一本黄书,看过我的书后才对《金瓶梅》有了一个大概的了解。这个工作正在做,但速度很慢。

有些读者看过《钟鼓楼》后发现里面有许多意识流的表现,问我有没有受到外国作品的影响。我对这些读者表示赞赏。改革开放以后,我国坚持实行积极主动的开放政策,使得外来文化大量涌入,文学也是一样。二十世纪八十年代曾兴起外国文化热、外国文学热,让作家们、读者们纷纷阅读翻译过来的外国作品,比如卡夫卡、博尔赫斯、马尔克斯、乔伊斯等人的作品。

翻译过来的外国文学作品里面有魔幻、有变形、有时空交错、有意识流,有各种各样新奇的手法,所以这种新潮文学在当时大行其道,反而让传统、写实有时候会被认为是保守的,成为一种边缘的写作了。

我个人是比较喜欢写实派的,而且是一个始终坚持写实的作家,但是在当今浪潮的影响下,我也吸取了一些非写实的文学流派的营养。不是所有的文学都是写实的。我们常说文学源自生活,比如我认为《红楼梦》的写作是有原型的。《钟鼓楼》是一个坚持写实主义的作品,但其中吸收了一些西方文学的写作技巧,如意识流,但吸收得并不多。《钟鼓楼》刚上市时并不是非常受欢迎,更受欢迎的是受到西方影响的先锋文学。但是我觉得《钟鼓楼》有生命力。现在我发现有一些年轻人开始阅读《钟鼓楼》,也觉得好看,所以我还挺高兴的。

其实我的讲座也好，书也好，都是一家之言，大家可以全盘反对，或者局部反对，或者不搭理我。我的初衷并不是要让我的观点成为主流观点或让大家信服，而是为了引起大家阅读《红楼梦》原著的兴趣，特别是年轻一代阅读的兴趣。有人说我死活读不下去，既如此，那我就娓娓道出我自己是怎么读的，激发出他们的阅读兴趣。很多人读了以后可能跟我的观点完全不一样，但是只要读了，我就很高兴。

有人说《续红楼梦》特别多，有好几百种。这个说法不准确，因为清末民国《续红楼梦》都是从通行本一百二十回之后往下续，并不是从八十回往下续。从八十回往下续的当然也有很多种，但是没有那么多。我个人续书不是为了追求个人的文学价值，只是因为太喜欢《红楼梦》了，觉得曹雪芹《红楼梦》八十回以后的遗失是一个很大的文化损失。虽然还没有把遗失的文稿找出来，但我们可以通过探佚的办法了解他后面写了些什么，而且发现确实跟我们现在看到的高鹗续四十回不一样，所以我以续书的形式来呈现我对曹雪芹《红楼梦》八十回以后的故事的一些见解和成果，并不断进行修订。人民文学出版社在做"刘心武长篇系列"的套书时收了我几部长篇，其中包括"三楼"系列——《钟鼓楼》《四牌楼》《栖凤楼》，还有《风过耳》，并把《续红楼梦》当作长篇小说也收录了进去。这个系列里的《续红楼梦》是修订版，在封面上写得很清楚。相较之前的版本，我有一千多处的修订，有的是比较大的修订，有的就是一个字、一个词的改动。我是很仔细的，只要还能做这个事，我肯定也还要继续修订。

有些读者发现，有的作家比较擅长转换创作风格来迎合文学热潮，有的作家风格则比较固定。我觉得两种作者都挺好。写作应该没有国际法则的限制。不断变换自己的写作风格的情况在古今中外的文学史上很多见，而固守一种写作风格的情况在文学史上更多，两者都可以创作出不错的作品。

当下流行的网络文学及其衍生作品，如电视剧《芈月传》《琅琊榜》等，与我的作品确实属于两个不同的领域。两个领域的人彼此都很客气。"百度文学"举办成立大会时，邀请的基本全是网络写手。他们的网络小说我没怎么看过，试着看一些以后我也喜欢不了，但是我觉得这就是文化多元。他们形成了创作和阅读的一个领域，我作为传统文学作者也有一些传统文学阅读的领域。大家友好相处还是挺好的，能让双方有一些互动，可以互相学习，也会吸收对方的一些营养。

相信很多读者会好奇，《易经》和《黄帝内经》这些比较专深的书怎么读？我觉得开头可以狼读和蟒读。如果想读，就先把它读了再说。《山海经》也是可以这么读的。古籍经典可以多读一些，至少没有坏处，可能读不懂，但读了总比不读要好。